い、です」
声、いっぱい出ちゃ、ぁうッ……うンッ！」

敏腕若社長の甘い誤算

～鈍感秘書は初恋相手の愛人になりました!?～

にしのムラサキ

Vanilla文庫Miel

敏腕若社長の甘い誤算

007　プロローグ

012　秘書とか無理！って思いましたけど
お給料上がるなら頑張ります

058　友達って大事ですよね

095　愛人なのにいいんでしょうか

139　そりゃ私以外にもいますよね？

192　怖い子が来て正直怯えています

220　船上のメリーメリークリスマス（イヴ）

252　不審者でしたでしょうか

273　年末、パーティー、「私」の立場

297　エピローグ

イラスト／田中 琳

プロローグ

　これって、一体どういう状況……？

　私は柔らかなベッドに身体を起こし、呆然と自分を見下ろした――うん、全裸。

（全裸、っていうか）

　完璧に、えっちした後の、……感じですね？

　私は小さく深呼吸を繰り返す。一体何が起きたの？

（腰、だるい……）

　腰に残る甘い重みに、思わず息を呑んでしまう。

　なんなら、鎖骨あたりにキスマークまであったりなんかして――。

　ちらり、と恐る恐る目線を横にスライドさせた。

　隣ですうすう眠ってるのは……私の好きな人。大好きな、片思いの相手。

　普段は凛々《りり》しい顔つきが、眠っている今は子供のように穏やかで、なんだか普段より幼く見えた。

引き締まった大きな身体、触れてみたいと願っていたその身体。

(……なんで?)

叶《かな》わないはずの恋が、叶った?

それはない――考えられない。

だってこの人が、私なんか相手にするはずはない。

……いやまぁ、自分で断言して、悲しくなっちゃうけど!

私より二つ年下、年若き、まだ二十七歳の――我が社の代表取締役社長。

周囲のやっかみも、全て実力でねじ伏せてきた辣腕《らつわん》。

(と、なると? うーん?)

混乱しつつ必死で頭をフル回転させていると、彼はぱちりと目を覚まして――そうして、
私をまっすぐに見つめた。

何度も瞬《まばた》きをして、私がいることを確認するかのように。

「……おはようございます?」

思わずそう呟《つぶや》くと、彼はゆっくりと頷《うなず》いた。じっ、と私を見つめて。

「おはようございます」

理知的な声で、でもどこか穏やかにそう挨拶《あいさつ》を返してくれる、社長。

(あー、どうしよう)

多分、私の顔、真っ赤だ。

彼は構わず起き上がると、私の頬にそっと手を伸ばし、触れる。

「……昨夜言ったとおり」

「⁉」

さ、昨夜⁉

昨日の夜、私たちに何が……⁉

（ふたりで飲んでたこと、まではなんとか記憶にあるけれど……っ）

ただ、緊張して。

緊張しすぎて――お酒を飲みすぎた、みたいです。

（き、記憶なくすなんて初めてだよ！）

あ、初めてじゃない。二回目。学生のときだ。あれ以来、飲みすぎないように気をつけていたのに……！

ワタワタしてる私に、彼、園部《そのべ》海斗《かいと》さんは続ける。

「あなたと俺は、今日から〝そういう〟関係です。……異論はありませんね？」

まっすぐすぎる視線に、反射的に頷いた。――頷いて、しまった。

園部さんは……園部社長は満足そうに目を細め、ほうと息を吐《は》きながら私を抱き寄せる。

きゅうきゅうと私を抱きしめる社長の腕の力にどぎまぎしながら彼を見上げると、ゆっくりとキスが落ちてきた。柔らかな熱に、心臓が波打つ。

私はただ、どきどきして、フワフワして、一体何がなんだか分からなくて。

(そ、そういう⁉　そういう関係、そういう関係って一体……あ!)

離れていく熱に名残惜《なごりお》しさを感じながら、私は今さらながらに気がついた。

園部社長が私と恋愛関係になるなんて、そんなことがあり得るわけがない。

(ということは、一介の秘書でしかない私が、社長に抱かれるというのは)

要は、いわゆる――「カラダの関係」、とかいうやつなんでしょう、か?

(……それでもいい、かな)

だって好きだから。

私の身体にそうっとそうっと、社長の指が優しく触れる。

それだけで、身体が熱くなって、身体の芯から蕩《とろ》けそう。

唇には、ちゅ、と何度も啄《ついば》まれるようなキス。柔らかくて、あったかい。

気持ちよさにほわほわしてると、突然のように口内に舌が侵入《はい》ってくる。

「⁉」

驚いて身体を固くしていると、リラックスさせるようにぽんぽん、と頭を撫《な》でられた。続いて、その大きな手のひらで後頭部を支えてくれる。

ぽすん、とベッドに押し倒される。離れた唇がなんだかひどく寂しくて――私はゆるゆると社長を見上げた。

「……そんな目をしなくても」

社長はほんの少し、瞼を伏せた。その奥の瞳がやけにぎらついて見えたのは——気のせい、だったのでしょうか？　答えが出る前に、社長が私の胸の膨らみの先端をきゅうと摘む。

「ふぁ、ッ」

思わず上がった私の声に、社長は満足そうに唇の端を上げた。

（や、やっぱり「カラダの関係」なんだあっ）

でも、まさかこんなことになるなんて。

優しいキスに蕩かされながら、私はぼうっと、そんなことを考える。

そう、きっかけは──あの日。

唐突に「秘書係」なんて、ドンクサイ私には全く合っていない部署に抜擢《ばってき》されたのが始まりだったのです。

秘書とか無理！　って思いましたけどお給料上がるなら頑張ります

その日。まだ昼間は少し夏の暑さが残ってるような、でも風はなんだか冷たくなってきてる、そんな秋の始まり頃。

——突然、課長に呼ばれた。

「塚口《つかぐち》くん」

「はい」

「荷物まとめて」

「……？」

私はぽかん、と課長を見つめた。

周りの人も、びっくり顔で私たちを凝視している。

「なにが？　え？　私、クビです？」

さあっと血の気が引く。

（何しでかした!?　私！）

鈍臭《どんくさ》さには自信がある。

気がつかないうちに、何やらとんでもないこと、しでかした⁉

真っ青な私に向かって、課長は慌てたように首を振った。

「ああ、違う違う。異動。急だけど」

「異動……ですか？」

入社して以来、庶務課庶務係一筋の私。一般職入社の私は、異動の二文字には無縁でここまでやってきた、のに！

事前になんの通告もなく、異動だなんて。

「む、無理です課長！　私、庶務以外の仕事、なにも分かりません……！」

「一から教えるから大丈夫だって先方は――だから大丈夫だよ」

絶対大丈夫じゃないです、課長……！

「……っていうか、そもそもどこに配属なんですか？」

課長は、こほんとひとつ、咳払い。

「秘書係」

「秘書……」

室内がしん、と水を打ったように静まり返る。

「あ、あの。秘書って……まさか、社長の？」

私の隣のデスク、入社以来ずっと一緒な同期の子の問いかけに、課長はやけに恭《うやうや》しく頷《うなず》いた。

「その、社長」

ぽかん、としつつ気がつく。

(あ、そっか)

他の役職の秘書は直属の部署配属だから、この会社では秘書係イコール、社長秘書なのか。副社長と専務の秘書さんは、総務課のはず。

「……あの、超厳しいって有名な?」

「氷みたいって聞きましたけど」

「苛烈《かれつ》とかよく噂《うわさ》されてる?」

「秘書が軒並《のきな》み胃を病んで異動していく?」

私はその話を聞きながら、さあっと血の気が引いていくのを覚えた。

「む、むむむむ無理ですッ!　私鈍臭いですしマイペースすぎますし、社長閣下をイライラさせて激怒させるのがオチかとっ⁉」

「あ、マイペースなの自覚あったんだ」

横から同期が驚いたように言う。

「あるよ!」

自分で言ってて悲しいけど！

「ていうか、閣下ってなによ社長閣下って」

そう同期に突っ込まれた、とき――オフィスのガラスドアがばあんと開いて、みんなで目線をそちらに向ける。

立っていたのは、四十歳くらいの男性だった。パリッとしたスーツ、ピンと伸びた背筋。整った顔に、銀縁の薄いフレームのメガネをかけて、いかにも「仕事できます」ふう。

「失礼します、秘書係長の亀岡《かめおか》ですが、塚口さん！」

「は、は、はいっ」

思わずぴしっ！　と姿勢を正した。

「準備はできましたか？　なに、まだ？　構いません後で回収にきましょう。とにかく社長に挨拶《あいさつ》です」

いやです無理です、って抵抗は無視されて、あれよあれよとエレベーターに詰め込まれ、思考が動きだす間もなく秘書室までたどり着いてしまった。

「あ、あのう。私、秘書とかほんとに無理で」

「特に今と変わりませんよ。サポートする対象が社員から社長に変わるだけで」

確かに庶務って、そんな感じではあるんだけれど、あるんだけれども。

「……うぅーん」

「それにお給料もアップしますし、出張なんかあれば手当てもつきますよ」

「お給料アップ⁉」

思わず詰め寄る。目が輝いている、かもしれない。

「あれ、聞いてませんか？」

「は、はい」

「基本給に十％上乗せで」

「やりますやります」

俄然やる気が出てきた……！

（余裕ができたら、またイギリスに行けるかも⁉）

私の趣味は紅茶。これがまた、お金がかかって仕方ない。……あくまで、趣味レベルなんだけれど。

いろんな茶葉を集めたいし、欲しいティーセットもたくさんある。

なんだかんだ、結構お金がかかる……から、学生時代は、このためにバイトをしていたくらいだ。コンビニにピザ屋に、居酒屋に塾講師。とにかくなんでも。

一番楽しかったのは、もちろんカフェ。紅茶メインのところ。

（そういえば、メイドカフェなんかでもバイトしたなぁ）

あれは友達の代理で、ほんの少しの期間だったけれど……。

あのとき、初恋もした。

相手はお客さんだったから、バレないように必死だったけれど。

〝カイさん〟

同じ歳くらいで、私と同じように魚を飼ってて。最初は罰ゲームで来店したらしかったけれど、でも、なんだか話が弾《はず》んで。

メイドカフェそのものが珍しかったのか、しばらくは通ってくれてた。

(ま、すぐに来てもらえなくなっちゃった、けれど)

それはまぁ、仕方ないと思う。

かっこよかったし、ちらっと聞いた大学の名前は誰もが知っているような一流大学だったし――そう、元々別世界の人なんだろうから。

「とりあえず社長に挨拶してもらって、そのあと業務の説明をするね」

「……ええと、そういえば。社長って昨年交代されましたよね？」

私の知ってる「社長」は、昨年会長職に。そして息子さんが社長に就任したはず……で、顔は知らない。

「そうです。昨年まで子会社で役員をされてました。まだお若いですが、できる方ですよ」

「へー」

私は社長室の前に立つ。

亀岡さんがノックして、ふたりで部屋に入って——わが目を疑った。
(……カイさん⁉)
間違いない、カイさんだ。
整った顔《かんばせ》、高い背丈、落ち着いた眼差《まなざ》し。
(大人になってる……)
でも、カイさんは私を見ても、眉ひとつ動かさなかった。
ほ、と安心したような——がっかりしたような。
(そりゃ、忘れてるよね)
もう十年近く前のことなんだもん。
しかも、気まぐれみたいに通ってくれてた、だけ。
「……よろしくお願いします」
私の挨拶に、カイさん——園部《そのべ》海斗《かいと》社長はそう冷淡とも取れる声で返して。
そうして、書類に目線を戻したのでした。

□海斗視点□

あれはもう、十年近く前になる。

大学一年生だった俺は、先輩とのゲームに負けて（ゴリゴリの体育会系サッカー部にいた俺に、抵抗は許されていなかった）秋葉原《あきはばら》の駅前に立っていた。

「……メイドカフェ」

深いため息とともに、そう呟《つぶや》いた。

今回課せられた罰ゲームは「メイドカフェでメイドさんと写真を撮ってくる」だった。

（それって失礼なんじゃないだろうか）

歩きながら、思う。

店員さんに対して、ものすごく。

（それに――女性は苦手だ）

俺の何がいいのか分からないけれど、やたらと俺は「モテる」。下心のある視線にも人工甘味料みたいな声にも、もう辟易《へきえき》していた。

（……仕方ない）

メイドカフェなるところに入るのは初めてだけれども、事情を説明して、とにかく写真を撮ってもらって、さっさと帰ろう。

そう思って適当に入ったメイドカフェで、俺は戸惑いながら、目の前にいたメイド姿の女性に事情を説明した。

（怒られるだろうか）

不安になりながら彼女を見ると、彼女はクスクスと笑って「全然大丈夫ですよ」と首を傾《かし》げた。

「観光客の方とかも多いんです。どぞどぞ」

とりあえず紅茶を注文して、彼女と写真を撮った。……少し、どぎまぎしてしまう。

「お待たせしました」

注文した紅茶をひと口飲んで、驚いた。

「うまい」

思わず漏《も》れたひと言に、彼女はにっこりと、とても嬉《うれ》しそうに笑った。

その笑顔に、なぜか見惚《みと》れた。

……そのあと、驚くくらい、リラックスして話すことができて。

そうして落ち着いてみると、彼女――リゼさん（名札に書いてあった。本名ではないと思うけれど）からは、俺に対する下心みたいなのは、全く感じられなかった。

（そりゃそうか。単なる客だもんな）

……それをなぜだか寂しく思いながら、後ろ髪を引かれるように店を出て、大学へ向かう。

「おー、マジで撮ってくるとは」

先輩たちにからかわれながら、俺はリゼさんとの写真を丁寧《ていねい》に財布にしまった。

宝物のように。

それから――たまに、店に通うようになって。

案外話も合って共通の話題もあって……それがとても、嬉しかった。

「へえ、魚飼ってるんですか？」

リゼさんが笑う。

「私も好きで。アカヒレを飼ってます」

「ああ、メダカみたいなやつですか？」

「はい。最初、パイロットフィッシュで飼ったんですけど、愛着が湧いちゃって、そのまま」

パイロットフィッシュとは、水質の確認のために本命の魚を入れる前に飼う魚のこと。要は本命の魚より、気に入ってしまったということのようだった。

「へえ」

「カイさんは？」

とりあえず名乗った「海斗」の「カイ」。

名字とも、名前ともつかない。

「ウチはベタです。あまり大きい水槽買えなくて」

大きな水槽や器材が必要ないベタという小さな魚は、母子家庭であまり余裕のないウチにちょうどよかった。

「綺麗《きれい》ですよね、ヒレがひらひらしてて」

彼女は笑う。

「……見てみたいな」

優しい目尻――思わず目を奪われて――自覚していく。

(ああ、そうか)

俺はリゼさんに、恋をしていた。

こう言ってはなんだけれど、彼女は特段に容姿が優れてるわけでも、スタイルがいいわけでもない。

なんだか普通で、でも紅茶を美味しく淹れる、フラットな彼女。

パイロットフィッシュを、本命より気に入ってしまうような、そんな彼女。

優しく笑う瞳が好きだった。

……けれど、告白なんかできるわけがない。

客に告白されるなんて――そんなの、迷惑でしかないだろうと、そう思ったから。

そんな日々がほんの少しだけ続いて――母親が、死んだ。

事故だった。

葬式に、父親と名乗る男が外国車で乗りつけてきて、そうして……俺の人生は、大きく変わる。

そっと窓ガラスに触れた。

眼下に、夜のオフィス街。

窓に映る自分の顔、とっくに大人の男になった俺の顔はどこか疲れている、ような気がする。

俺の父親は、今、俺が代表取締役なんてものをしてる会社の創業者だった。

一代で会社をここまでデカくした、ワンマン社長。

だけれどひとつ恵まれないものがあって。

それが、子供だった。そんな男の一粒種が、俺らしい。母親と男に、なにがあったのか──詳しいことは知らないけれど。

ノックの音に、思考の海から浮上する。

「どうぞ」

「失礼します、社長。例の秘書の件ですが」

入ってきたのは、秘書の亀岡さん。四十がらみの男性で、元々は父親の秘書をしていた。

「お任せします」

淡々と答える。

亀岡さんは苦笑いして、首を傾げた。

「……では、プレッシャーに強い社員から見繕いましょう」

「プレッシャー？」

なぜだか、歴代の秘書は亀岡さん以外、二ヶ月ほどでみな体調を崩す。だいたい、胃を悪くしていくのだが。

「そうです。……社長にご自覚はないかもしれませんが、あなた結構、プレッシャーがすごいんですよ」

「……かけた覚えはないのですが」

「要はあなたが出来すぎるんです。少しは周りに仕事を残してください。そうでないと、かえってプレッシャーに思って勝手に自滅してしまうんですよ」

「む」

思わず黙り込む。

……仕事をしろと言ったり、するなと言ったり。

黙り込む俺に、明日には新しい秘書をピックアップしてくる、と言って亀岡さんは退室していく。

俺はなんとなく、彼女を思い出した。

リゼさん。

「会いたい」

思わずそう呟く。

彼女に会えば、きっと何かが、救われる。

(あの人が淹れた紅茶が、飲みたい——)

母の死から、いろいろあって。

落ち着いてから、またあの店に行ったときには、彼女はもう辞めていた。

彼女が、どこで何をしているのか——調べようと思えば、できるのかもしれない。今の俺の立場なら。

(だが、そうして——どうする?)

自問する。

想像、する。

気持ち悪い、と拒否されて終わるだけじゃないのか。

彼女を忘れようと、いろいろな女性と「遊んで」みたけれど、忘れるなんて無理で。

ただ、想いだけが降り積もり続けていた。


「いましたよ最適な人材が、社長」

翌日のこと。

そう言って亀岡さんが持ってきた書類に、俺はさっさとサインした。

「え、ご覧にならないのですか」

「亀岡さんがそう言うのなら、最適な人材なのでしょう」

「……ま、いいですけれど」

亀岡さんは肩をすくめた。

「庶務課庶務係、塚口真帆《まほ》。二十九歳、素行に問題なし。入社七年目、資格特技は特に無し」

「……どのあたりが最適なのですか?」

普通の女性社員のプロフィールのように感じた。

「彼女はですね」

「はい」

「もっっっっのすっっっっっごく」

「はぁ」

「鈍感なのです」

「……鈍感」

思わず復唱。

「ええ。今まで先輩社員の嫌味、上司からのパワーハラスメントに近い行為、全て気づかず受け流し淡々と結果を上げてきた、ある意味スーパーウーマンです」

「ちょっと待ってください、パワハラがあったのですか?」

聞き逃せず口を挟む。

「ご心配なく、すでに処分済みです。彼女の活躍で」

「……」

何があったんだろう。

「しかし本人は全く気がついていません。これは稀有《けう》な存在です。言い換えるならば恐ろしいほどマイペース」

……褒《ほ》めてるんだろうか、それ。

「彼女ならば、社長のプレッシャーにも無事耐え抜くことができるでしょう」

「ですからプレッシャーなんか」

「決定です。来週頭から秘書室勤務に異動させます」

はー、と亀岡さんは首を回す。

「本来は五人ほどで行う業務、三人分を社長がして二人分を僕がしてました」

「……はい」

「これで肩の荷が下ります」

どこか釈然としないまま「手間を取らせました」と頭を下げた。

……よく分からないけれど、どうやら俺のせいだったらしいので。

「さて楽しみですね、どんな人でしょうか」

俺は興味なく頷いた。

仕事さえしてくれるなら、どんな人だっていい――と、思っていたのに。

「塚口真帆です、よろしくお願いいたします」

そう言って頭を下げる、その人は。

思わず叫《さけ》びそうになるのを、ぐっと堪《こら》えた。

（……なんで、こんなところに）

紛れもない、かつてメイド服を着て働いていた、彼女が目の前に立っていた。

慌てすぎて、なにを話したのか覚えていない。

ただ、彼女が退室したあと、書類を逆さまに読んでいたことに気がついて――ひとり、赤面しただけだった。

（元気そうだった）

まず、そこに安心して。

そのあと、おそらく俺のことは覚えていないということに――少なからず、傷ついた。

（覚えているわけがない）

ほんの数回、顔を合わせただけ。

しかも向こうからしたら、ただの客。

「あー」

思わず声を上げて、天井を見上げる。

……見上げながら、思う。

(しかしこれは、チャンスなんじゃないだろうか?)

「――今度こそ」

今度こそ、彼女を手に入れる。

＊　＊　＊

「まず、朝はメールチェックからなのですが」

秘書業務二日目。

昨日はファイルの場所だとか、お茶がどこかだとかの説明だけで終わってしまった。

で、昨夜のうちに、同期や先輩から園部社長に関する情報を集めまくった。

(というより、みんな心配して連絡くれたんだよね……)

冷酷だとかなんだとか、すごい辣腕《らつわん》で周囲を黙らせてきたんだとか、そんな噂。

(でも、あの「カイさん」が?)

辣腕、はまだ分かる。仕事ができる人なんだろうなぁ、って。

けど、冷酷っていうのだけは分からない。――そんな人じゃ、ないはずだから。

そんなふうに思いながらの、今日。

亀岡さんからさっそく業務に関する説明のはず、だったんだけれど。

「……全部開封済みですね」

「あんの社長、やんなっつってんのに夜中にメールチェックしてやがったな」

「亀岡さん⁉」

銀フレームから鋭い眼光を飛ばしながら、亀岡さんはパソコンディスプレイを見つめる。

思わず怯《おび》える私と、瞬時に眼光を消して私のほうに顔を向ける、亀岡さん。

「ん？」

「い、いえいえ……」

改めてディスプレイに目を移す。

「まぁ、とにかく。不要不急を選別、他役員に回覧すべきものは転送後プリントアウトして、はいこれ」

回覧、と書かれた長細い紙。

社長以下、各部の部長までの名前が書かれた四角い空白。ここに印鑑を押していくのだ。

「アナログですよね」

「社長がね、これ変えろってウッサイんだけどさ、ほらウチの役員、おじーちゃんもいるでしょ？　紙で回せってそっちもウッサイの」

だからゴメンね、両方やるんだ、と亀岡さん。亀岡さんが謝る必要はないんだけれど。

「ま、今日の転送、どーも社長がやってるみたいだから。今日は僕らは、アナログ印刷回覧準備まで」

私はメモを取る。

「十時くらいになったら郵便も届くから、それを受付まで回収に行って。そっちもメールと同じ要領でね」

「はい」

「スケジュールはわかってる？」

「は、はい」

私は手帳を開く。

スマホでスケジュール管理はＮＧ（おじーちゃん役員たちの受けがよくないんだとか）。

今日のスケジュールを確認していく。

「九時半から役員会議です」

そこから始まって、グループ会社の役員さんとの会合、営業部のプレゼン、続いてすぐに開発部のプレゼン。役員さんは全員出席らしい。もちろん、秘書の私たちも。

「昔はプレゼンで上がってきたものを役員が確認する形でしたが、社長がプレゼンから参加したい、と」

「へー」

そのあとは経産省主催の会議に出席、そのまま今後進出予定の東南アジアの島国の大使と夕食《ディナー》――と。

隙間時間に決裁だのなんだのの、事務仕事があるらしい。

「あの、お昼休みは？」

「いつも取られないですね、社長」

「ええ……」

……ていう、か。

（私、やれるのー⁉）

私が同行するのは経産省の会議までだけれど、その事前及び事後の資料整理も、秘書業務とのことだった。

（何が書いてあるかも理解できないのでは……）

文学部卒なのに。英文学しか勉強してないのに。

「……社長って忙しいですね？」

「はは、何をしていると思ってたの？」

「判子を押していらっしゃると」

「それだけでは会社は回らないので、残念ながら」

突然、背後から落ち着いた声が落ちてきた。

「ひぇ！」

「おはようございます、社長」

亀岡さんがぴしっと立って頭を下げた。私も慌てて立ち上がる。

「おはようございます」

社長は丁寧に挨拶を返してくれた。

社長が手にしているのは、やけに分厚いファイルだった。亀岡さんがそれにじとりと目を向ける。

「それ、今日の会議分ですか」

「読み込んできました」

「……あまりご無理は」

亀岡さんが少し眉を寄せた。

「してませんよ」

すっ、と私たちの横を通り過ぎて、社長は自分のデスクに向かっていく。

そうして秘書二日目を過ごしてみて——結局のところ、今日一日、私はただのお荷物でした。

分かってはいたけれど……。

「へ、ヘコむ」

もう日もとっぷり暮れた頃――。

経産省の会議が無事に終了し、社長と亀岡さんは例のディナーへと向かっていった。

私は帰宅するようにと言われていたけれど、会社に戻ることにした。

（さすがにね、ファイルとお茶の位置くらいは把握しておかないとね……）

メモを片手にウロウロと動き回る。

こっちは新規プロジェクト分、こっちは社内資料、人事はこっち。時折開いて、中身も確認。うん、分からない。

（必要なときに場所が分かれば、いいよね⁉）

最初は、うん、最初は……。おいおい勉強しなきゃなんだろうけれど。

それからお茶。

「あーもう、テンション上がっちゃう！」

緑茶だけでも数種類。コーヒーもインスタントじゃない、紅茶にいたっては種類がありすぎて……。

夢？　これ夢かな？　うっとりとお茶缶を眺《なが》める。

「セイロン、アールグレイ」

有名どころだけでも、数種類ずつ。

めちゃくちゃ嬉しい。嬉しいけど……残念ながら、私が飲めるわけではなくて。

「要は、これをお客様の好みに合わせて出さなきゃいけないのか……」

つまり、そういったことも把握しておかなくちゃいけないってこと。

茶葉はもちろん、ストレートなのかミルクなのかレモンなのか。ご気分にもよるだろうし、そこは臨機応変に対応していくことになるんだろうけれど。

「基本給十%で、元取れるのかな」

思わずひとりごちるけれど。

でも実は、ちょっと頑張ろうかな、なんて思ってたりする。

だって、うん、だって。

(……やっぱり好きなのかも)

もしかしたら、ずうっと好きだったのかも。園部社長——カイさんのことが。

(相手になんて、してもらえないと思うけれど)

紅茶の缶をひとつひとつ手に取りながら、すっかり大人になった(今思えば出会ったとき、彼はまだ十代だったのか)社長のことを思い浮かべる。

考えると、どきどきする。

役に立ちたいな、なんて思ったり、する。

カンッペキに私のこと覚えてないと思うけど！

「よっし、紅茶はおっけー」

好きなものだからか、すぐに把握できた。ってことは、あの分厚いファイル類も把握できるはずなんだ！　頑張ろう。

……と、ふと扉が開いて、誰かが入ってくる。

「まだ帰宅していなかったのですか？」

少し責めるような口調で私に言うのは、ディナーに行ったはずの園部社長だった。端正な眉目が、ほんの少し険しくなる。

「あれ、社長？　お夕食では」

「とっくに終わりましたよ」

時計を見ると、すでに二十二時を回っていた。

もうこんな時間、と慌てる私に、社長は「送りますよ」と淡々と言う。

「家まで」

「へ⁉　いや、そんな。悪いです」

節約のために、都内ではなく隣県に家を借りていた。どうしてこう、都内ってお家賃が高いんだろう⁉

「悪くありません。心配です」

「心配……？」

鈍臭さが、すでに漏れ出しているのでしょうか？

「でもまだ電車も動いてますし」

言いながら、ふと気がつく。

「社長、なぜ戻って来られたのですか？」

「ああ、もう少し仕事を」

「じゃあ余計に。私を送ったらタイムロスですよ」

「……しかし」

社長はふ、と目線を上げて、すぐに下ろした。

それから私に提案するように、言う。

「では……三十分くらいで終わる作業なので。その間にお茶を淹れていただけませんか」

「お茶を？」

「……お得意だと聞いていますが」

私は目を瞬く。

そんなこと、誰から……まぁ別に隠してないし、私がお茶狂いだっていうのは親しい社員なら皆知ってることだった。

「では」

私はうずうずしながら頷く。

（あのお茶が淹れられる！）

どうしても送る！　って言われたら駅まで送ってもらって、それこそお茶を濁《にご》そう。うん、そうしよう。家まではさすがに悪すぎる。

社長は少し……嬉しそうにしていた。

（ふふ）

思わず微笑みそうになる。〝カイさん〟結構、お茶好きでしたもんね？

すると社長が口を開く。

「塚口さんも一緒にどうですか」

「……っ、いいんですか⁉」

飲める⁉　あの高級な茶葉たちを！　マジですか⁉

私はるんるんと給湯室へ向かう。給湯室っていうか、社長室専用のもはやキッチンみたいなところだけれど。

並ぶお茶缶から、ひとつを選んだ。

（ハニーブッシュティー）

ティーとはいうけれど、厳密には「茶外茶」……要は「茶の木」以外から作られた「お茶」。麦茶なんかも茶外茶だ。

「こんなのまで置いてあるんだもんね」

缶を開けると、ふわりと甘い蜜の香り。さすが「ハニー」。まじでハニー。

(こういうの、嫌いじゃなかったはずだよね)

と、いうか。

未だにきっちり覚えている自分に少し、呆《あき》れてしまうけれど——カイさんの、社長のお茶の好みだけは、ばっちり記憶してあった。

お茶には、蜂蜜も少々。

お盆に載せて社長室に戻ると、社長はすでにトントン、とデスクで書類を揃えていた。

「もうお済みですか？」

まだ三十分は経ってない。

社長は頷いた。そうして無言のまま、デスク前の応接セットに座る。

「どうぞ」

社長は目を細めて、お茶の香りをかいだ。

「これは？」

「ハニーブッシュティーです。ノンカフェインですので、胃にも優しいです」

社長はティーカップに口をつけた。

「……うまい」

その言い方が、昔の、初めて〝カイさん〟に紅茶を淹れたときとおんなじで、私はほっこり笑ってしまう――と、同時にはっきり気がつく。

（あ、「好きなのかも」じゃないいや）

心臓が、早鐘を打つ。

（好き）

私、彼が大好き、みたいだ。

なんでだろう？　お茶を美味しそうに飲んでくれるから？

それとも、昔の――一緒に他愛のない会話で過ごした、あのほんの少しの時間で芽生えた初恋に、感情が引きずられているから？　あのときもらった「言葉」が、嬉しかったから？

（どっちにしろ、うん、好き）

はっきりと自覚してしまったせいで、私は少々挙動不審になってしまう。

社長は特段なんのリアクションもなく、「塚口さんも座ってください」とフラットに言った。

「は、はい」

慌てて向かいに座り、そっとカップに口をつけた。

「……おいし！」

自分で淹れた紅茶なのに、ついそう言ってしまう。そんな私に、社長はほんの少し微笑んだ。

「あは、すみません。自画自賛……」

笑った途端に、ぐう！　とお腹が鳴る。

（う、嘘《うそ》でしょ！）

まぁもうすぐ二十三時、昼以降（私にはお昼休みがあった）何も食べてないから……。

社長は微かに、頬を緩めていた。

「よければ夕食を奢《おご》ります」

「!?　いえ、そんな」

「親睦も兼ねて。行きつけの店がまだラストオーダーに間に合うはずです」

社長はゆったりと立ち上がる。

ティーカップは、空だった。

それを社長は、とても名残《なごりお》惜しそうに見つめるから。

「あの」

「はい」

「よろしければ、ですが。明日から、私、ご用意しますよ」

今日一日、社長は亀岡さんが淹れたコーヒーを飲んでいた。

コーヒーも好きなのかな、と思っていたけれど、やっぱり紅茶派なんだと思う。

それに亀岡さんのお仕事、ものすごい量だから、私ができる分は引き継ぎたい。

（あ、言い訳だ）

自分で、自分に——単に、私が社長に紅茶を淹れたいだけ。

接点を増やしたい、だけ。

「……いいんですか？」

「はい」

社長が嬉しそうにしてくれるから——私は胸がとても、きゅんとしたのでした。

□海斗視点□

彼女の淹れた紅茶が飲める。

リゼさんの——塚口さんの。

そう思って、億劫《おっくう》な書類仕事もさっさと終わらせた。めちゃくちゃ張り切った。

「どうぞ、ハニーブッシュティーです」

塚口さんが上機嫌で給湯室から戻ってくる。

（つい、集めてしまっていた茶葉たち）

本当はこんなに種類はいらない、んだろう。けれど。

紅茶缶を見ると「リゼさん」を連想して、買わずにはいられなかった茶葉たち。

(喜んでくれたみたいで、よかった)

巡り合わせというものがあるのなら、きっとこの日のため。

そのために、俺は自分では淹れられない茶葉を集めていたんだろう、と思うくらいに……美味しかった。

塚口さんの胃が空腹を訴えて――連れてきたのは、都内の居酒屋。

少し値段は張るが、いわゆる「普通」の居酒屋だ。

ただ、ほんの少し変わったところがある。

大きな生《い》け簀《す》があって、それを眺めながら食事をすることができるのだ。

緊張していたらしい塚口さんは、席に着くとホッとしたように微笑んだ。

「……どんな高級なところか、と不安になっていました」

「仕事終わりに、そんな肩肘張るようなところには行きませんよ」

「あは……それから、あー。運転手さんがいらっしゃるんですね」

「？　ええ」

塚口さんは照れたように、そのあまり長くない髪をいじる。

「てっきり、社長が送ってくださるのかと……」

(いや、そうしていいなら送りますけど!?　覚悟はあるんですか、覚悟は!?)

頭の中でそう返事をしつつ、冷静を装って「先程アルコールを摂ってしまっているので」と答えた。

「あ、そっかディナーでしたね。ええと」

「日本国駐箚《ちゅうさつ》ラヴォ共和国特命全権大使ロード・チャンオチャ閣下」

「……です」

塚口さんは、馴染《なじ》みのない外国名に少し戸惑っているようだった。

(仕事の話も、な)

せっかくの再会だというのに硬い話もなんだ、と俺は生け簀に目をやる。

「……わ、きれい」

塚口さんがアジが泳いで行くのを見て、優しく目を細めた。

……しまった、食べるのは大丈夫だろうか？　飼う方面で魚が好きだという記憶はあったのだけれど。

「あの」

そっと口を開く。

「はい？」

「魚は好きでしたか？　その……食べるのは」

「？　はい」

不思議そうにそう答えられて、一安心する。

どうやら、目の前で塚口さんの好きな生き物を食べていく残虐な人間にはならずにすんだらしい。

やがて運ばれてきた刺身や煮物を、塚口さんは一生懸命、美味しそうに口に運んでいく。

……可愛い。

絶句した。

可愛いぞ⁉

なんだこれ⁉

昔、メイドカフェでは俺が一方的に飲み食いする側《がわ》で、塚口さんはそれを見ている側だったから。

知らなかった。

好きな人が食事をするのって、めちゃくちゃ可愛いんだな！

「……あの」

塚口さんは不安そうに俺を見る。

「なにか、私……変でしょうか？」

「いや全く。少しぼうっとしていました。申し訳ない」

スラスラと言い訳が出た。しまった、見つめすぎていたらしい。

塚口さんは安心したように、子持ちカレイの煮付けに箸《はし》を伸ばす。

「おつかれさまです、本当に……激務なんですね」

「いえ、そんなことは」

今日のスケジュールは緩やかだった。

のんびりしていたし、塚口さんの紅茶も飲めた。

明日からは、毎日彼女の紅茶が……いや毎日は無理か。土日祝日はダメだ。休日出勤なんて、させられない。

塚口さんはぐい、とビールを飲む。

（ザルなんだろうか）

顔色が変わっている感じもないし、酔っている雰囲気《ふんいき》もなかった。

ただ、多少緊張が解けて打ち解けてきたかな、という頃に。

ほろり、と塚口さんが言葉を漏《も》らした。優しく、あの頃のように微笑んで。

「……まだベタを飼っているんですか？」

「え？」

「私はアカヒレ、まだ飼ってますよ。何代目かですけど」

俺は呆然と彼女を見つめて。

「……気づいて？」

「ふふ、すぐ分かりました。だって」

塚口さんは目を伏せた。

「気づいてました？　好きだったんです、私。〝カイさん〟のこと」

息を呑む。

まさか、両思いだったなんて！

鼓動が速くなる。その音が彼女に届くほど、大きく響くような気さえして。

「こんなに近くにいたなんて」

彼女はビールに口をつける。

「見たかったなぁ、ベタ」

柔らかな視線。

俺は、そっと彼女の手に自分の手を重ねた。声が震える。

「見に、来ますか」

「いいんですか？」

塚口さんは微笑んだ。

「……どういう意味か、分かっていますか」

「？　お魚を見せていただけるんですよね？」

「違います。……単刀直入に言います。ずっとあなたが好きでした」

お酒のせいか、彼女が俺を覚えてくれていたのが嬉しかったせいか——言葉が止まらない。

「俺は不器用ですし、こんなことは一生に一度しか言いません……言えません」

すう、と息を吸う。

「結婚を前提に、お付き合いしていただけませんか」

俺の言葉に、塚口さんはびっくりしたように何度か瞬《まばた》きをしたあと、小さく頷いた。

「私、でいいんでしょうか……」

「あなたがいい。あなたでなくては」

「……嬉しい」

さらうように彼女を家に連れ込んで。

そうして、思いの丈を告げるように抱いて、抱いて、抱きつくくして。

温かい彼女の身体を抱きしめながら、俺も眠りに落ちていく。

(夢じゃありませんように)

そう、願いながら。

＊＊＊

……チャがどうのな大使の話をしていたところあたりまでは、はっきり記憶がある。

（緊張のせいで、緊張のせいで、緊張のせいでーっ！）

流し込みすぎたアルコールは私の記憶を流し去ってしまっていた。

園部社長が私をベッドに縫い付けるように押し倒して、私をぎゅうっと抱きしめて……な状況で、とにかく導き出した答え、一番ありそうな答えは。

いわゆる「カラダの関係」……つまり。

（あ、愛人⁉）

多分、そんな感じ……？

社長はまだ独身なのは分かってるけど、多分。

ていうか、下手《へた》したら酔った勢いでこっちから迫った可能性すらある。

（聞けないよ……）

私は昨日、何をしでかしたのですか、社長⁉

「っ、ぁ、やッ、社長ぉっ」

園部社長が少し分厚い舌を尖《とが》らせて、私の胸の先端をつついて——それからほんの少し、むっとした顔をする。

「……ふたりのときは名前でいい、と言いましたよね」

「ふぇっ」

そ、そんな話までしていたんですか。

（余計に聞けない……）

ってていうか、嫌われたくない。

お酒にルーズで、酔っぱらって男とホイホイ（？）寝ちゃうオンナだとか、思われたくない。

好きだから。

大好きだから……嫌われるのが、怖い。

「真帆」

名前を呼ばれた。

私はおずおずと、社長の名前を呼び返す。

「海斗、さん」

社長──海斗さんはほんの少しだけ、満足そうに頬を緩めた。

そうして私の、感じて勃《た》った先端を口に含んだ。あったかい、海斗さんの口の中。

「あ……！」

その中で、甘噛みされて舌で転がされて。

その快楽は、勝手に私の腰を動かした。自分のナカが、とろりと蕩《とろ》けて溢れる。

「ゃ……ッ」

海斗さんは私の肋骨から腰あたりまでをつつ、と指で触れていく。

その指は腰骨をなぞるようにしながら、足の付け根までやってきた。

そうしてとろりと蕩けてしまってる、ソコに。

「あ、んッ」

はしたない声がつい上がって、私は羞恥《しゅうち》で口を押さえる。

海斗さんは構うことなく、ぬちぬちとそのナカに指を咥《くわ》え込ませていった。

「あ、あ、あ……ッ！」

反射的に腰が跳ねる。

押さえていても無駄《むだ》なほどに、口から零《こぼ》れる高い声。

とっくにドロドロで蕩けてる私のナカは、きゅうんと蠢《うごめ》いて海斗さんの指を切なく締め付けた。

「ほぐす必要がないくらいでしたね」

淡々と海斗さんは言う。

かぁっ、と頬に熱が集まって、私は目を逸《そ》らした。

海斗さんはじっと私を見つめて。

「……あなたは」

「？」

「なんというか」

「は、い」

「どうして、あなたなんだろう」

「……はい？」

禅問答のようなことを言われて、ぽかんと見上げた瞬間に、海斗さんの指が増えて、私の悦《イ》いところを擦る。

「ひゃ、ぁ⁉」

ぐちゅんぐちゅん、ってイヤらしい水音が室内に響く。

それに合わせて、私の喉から甘くて高い声が溢れて止まらない。

「や、ぁ、あ！　……ッ、ふ、ぁっ、すご、ヤダ、っ、海斗さ、ん、らぁ、めっ、ゃめっ」

私の目尻から、生理的な涙がぽろぽろ。ナカが蠕動《ぜんどう》して、くちゅくちゅと蕩ける。

「ふぁ、ぁ、あ……っ、イっちゃ、う、ッ、あー、っ、あ……っ、ヤダっ、ヤダぁっ……ぁ……！」

身体がびくりと跳ねた。

ぎゅう、と海斗さんは私を抱きしめる。

達した快楽に身体を震わせる私に、優しく海斗さんは口づけて――ヘッドボードから、コンドームを取り出した。

ぽう、と働かない頭でそれを見つめる。

慣れてる仕草。

私の足をぐいっと持ち上げて、大きく開かせて。

「や、です……っ、恥ずかしっ」

「そうですか」

私の羞恥なんかどうでもいいのか……海斗さんは端的に答える。

けれど優しい仕草で、私の頭を撫《な》でて。

「挿れます」

「……はい」

腰を摑まれて、一気に奥まで挿れられた。

「は、……ぁううンッ！」

あられもない、淫《みだ》らな声が出て恥ずかしくてたまらない。

たまらない、のに。

動き出す海斗さんの腰の動きに、ナカは悦《よろこ》んで蠢動して蕩ける。私の理性もぐちゃぐちゃに蕩け落ちて、もう何も考えられない。

「や、ぁ、あ、ッ、気持ちい、……っですっ、気持ちイ……っ」

ばちり、と目が合う。

海斗さんの瞳の中に、はっきり見えた情欲の色に、私は満足を覚える。

（カラダだけでも、いい……っ）

必要としてもらえるなら、それだけでも。

それくらい、私、この人が好きだ！

「海斗、さん……っ」

私は両手を伸ばす。

「？」

「ぎゅう、って、して……」

抽送の快楽の合間、私はなんとかそう、口にした。

ぴたり、と海斗さんの動きが止まる。

ばちりと合う瞳。

細められたその目が、どういう意図かは分からない。

けれど――海斗さんは、ゆっくりと私を抱きしめてくれた。

喜びで、頭がくらくらする。

「っ、ゃあ……ッ⁉」

私を押し潰すように抱きしめながら、海斗さんは抽送を再開した。

「ゃ、ぁ、あ、……っ、ん、んんッ！」

声を抑えようとすればするほど、かえって快楽が強まるようで。

「真帆」

「ふ、ぁっ、なん、ですかぁっ」

ぐちゅんぐちゅんと抽送を奥に受けながら、私はなんとか返事をする。

「声、出してください」

「ふぇ、……ッ、ぁあ……っ⁉　なん、ってぇ……っ？」

強く打ち付けられて、思わず身体が仰《の》け反《ぞ》る。電気がぴりぴりと全身を走ったような。

「聞いていたいからです」

ばちゅんばちゅんばちゅんばちゅん、抽送は勢いを増す。

「やぁあっ、あッ、ぁあッ、あああッ」

なんで海斗さんが「声を聞いていたい」なんて言ったのか、分からないけれど。

身体のナカに、直接的に与えられる快感。

もう、私は何も考えられなくて——。

「ぁ、ふぁ……ぁッ、イ、くっ、イっちゃぁ……っ」

迫りくる大きな快楽の波。

「……っ、俺、も」

海斗さんが、耳元で狂おしそうに言ったその言葉が、声が——頭のナカも蕩けさせる。

唇が重なる。

抱きしめられて唇から舌をねじ込まれて、そうして、与えられる快楽。
私はその波に、ただ身を任せるだけ、なのでした。

友達って大事ですよね

「そういう訳でして」

「……訴訟⁉」

私が社長の秘書になっちゃったし、なんなら社長の愛人になったみたいだって話をしたら、市島《いちしま》さんは開口一番、そう言った。

市島さんは大学の頃からの友達で、変わってるけどいい子だ。学生のとき、メイドのバイトを紹介してくれたのも、この子。

「なんで訴訟？」

「え、なにのんびりしてんの真帆《まほ》？ セクハラどころの騒ぎじゃないよ」

「いやだって、ほら。私、嫌じゃないし。ていうか好きな人だし。あと社長独身だから」

不倫、ってわけでもない。

不倫でもないのに愛人っていうのも変な言い方なのかな？

「……嫌じゃないの？」

不思議そうな市島さんに私は頷《うなず》く。

「うん。むしろラッキーと割り切った」

「割り切り早っ」

「だってさー、大好きだけど、本来なら一生手が届かないような人とえっちできるんだよ？」

「ううーん」

「だからいいんだー」

「……もう二十九歳なのに。時間を無駄《むだ》にする、とか思わないの？」

結婚とか、考えないの？　って市島さん。

「世界は日々多様化しておりますゆえ」

したって、しなくたって自由だし。

けれどもし結婚するとしたら……それは海斗《かいと》さんがいい。でもそんな身の程知らずなことは、口が裂けても言葉にできない。

「うーん、ならいい……いいのかな」

「いいんだよ」

私たちがそんな話をしてるのは、週末、私の家。

滝の如《ごと》く淹れまくった紅茶を、文句も言わずに市島さんは飲んでくれる。ありがたや。

「でも、なんて言われたか、はっきりしないんだよね？」

「うん。実に不甲斐《ふがい》ない」

「いや、うん……じゃあさ？」

市島さんは首を傾《かし》げた。

こぽこぽ、ってアカヒレが泳ぐ水槽のエアレーションの音が微《かす》かに聞こえる。

「マジで普通に交際してるってことは？」

「ないないないない、超絶イケメンだよ？　一部上場企業の代表取締役社長だよ？　なにがどうなって私と交際なんか」

「うぅーん」

市島さんは口を尖《とが》らせた。

「ていうかさ、真帆って変わんないもんね、酔っても」

「そうなんだよね～」

おそらく記憶がないあの数時間も、海斗さんから見たら普通～に普通～に話しているように見えていたはずだ。

「学生のときさ、翌日記憶ないって言われたのはビビったよ、真帆には割と毎回ビビってんだけど」

二度と飲みすぎない、と誓ったあの日のことだ。自分に一番驚いた。

「それは仕方ないとして……毎回って。何にビビるのいちいち」

「社長の愛人になった話はビビっていいでしょ」

「あ、うん……」

それはホントに仕方ない、と思う。

「ていうか、大丈夫だったの？　翌朝」

「なにが？」

「翌朝っていうか、朝からお盛んにされてたんでしょ？」

「お盛んて」

言い方。死語というかなんというか。

「ええとね、なんとか遅刻しなかったよ」

ていうか一緒に出勤した。

断ったけど、至極不思議そうに「同じところに行くのに？」って言われて。

私は裏から入ったから、運転手さん以外は知らないはずだけれど！　ていうか朝から運転手さんが迎えに来るっていうところに驚いたのだった。

「……むこうは、ほんとに覚えてないの？　真帆とメイドカフェで出会ってたって」

「覚えてないんじゃないかな」

「そっかぁ……と、ごめんそろそろ帰らなきゃ」

「あ、もうこんな時間か」

窓の外はとっぷりと暗い。

「真帆、都内とは言わないけど、もう少し会社に近いとこに越したら？」

玄関で靴を履きながら、市島さんは心配げに言う。

「最近、夜遅いんでしょう？　お給料上がったならそうしなよ」

「うーん、でも貯めておきたいからね～」

「……もう。ほんとに、無理しないで」

はいはーい、って言いながら、私も靴を履く。

「え、いいよ。遅いから」

「女の子ひとりで歩かせられないよー」

ここらへん、ちょっと街灯少ないし。

市島さんはちょっと渋ったけれど、私が折れなかったから素直に駅まで送られてくれた。

改札でばいばい、して。

「……甘いもの買ってかえろーっと」

確かコンビニスイーツ、新作が出てたはず。ＳＮＳで見かけて、紅茶に合いそうだと思っていたのだ。

というかまあ、秋は甘いものが食べたくなるのです。

スイーツを選んで、お会計。

「お客さんはね、この新作絶対買いにくると思ってましたよ」

顔見知りの店員さんに言われて、私はえへへと笑った。

「危ないから気をつけてね」

はぁい、と言ってレジ袋を持って離れる。

自動ドアのところで、ふ、と立ち読みしてるお客さんと目が合った。

少し年上くらいかな、の男の人。普通に目を逸《そ》らして、コンビニを出て、しばらくして
――手を、引かれた。

「？」

「殺されたくなかったら、こっちに来い」

振り向くと、さっきの男の人だった。

目を見開く。男の人は、カッターナイフを持っていて。

じっとりと湿った手が、私の手首を握って離さない。

喉がべったりと張り付いて、思考が真っ白に、なる――。

と、そのとき。

「っ、追いついたぁ、お客様、お釣り、お釣……あんた何してんのっ⁉」

コンビニの、さっきの店員さんが叫《さけ》ぶ。

男の人は勢いよく逃げ出して……私はへにゃへにゃとへたり込んだ。

「大丈夫!?　ほら、警察呼ぶから！」

店員さんに支えられて、とりあえずコンビニまで戻って警察官がわらわら来て、事情聴取っぽいことをして……。

「大丈夫？」

シフトがとっくに終わってた、っていう店員さんが付き添ってくれる。

私は蒼白なまま、なんとか「はい」と呟《つぶや》いた。

「送りましょうか？」

それには小さく首を振った。

いくらなんでも、これ以上店員さんを付き合わせるわけにいかない。お礼を何度も言って帰ってもらう。

家までは婦人警官さんが付き添ってくれた。

くれたはいいけれど、怖くて私は家中の鍵を確認する。全部、全部。

(家までは、知られてないはずだよね)

たまたま見かけた。

それだけだろう。

分かっているのに、怖くて、怖くて。

思い浮かべるのは、海斗さんで。

「ダメだぁ……」

「来て」なんて、言えるわけがない。

私は単なる秘書で、まあオプションみたいに「愛人」って立場で。

こんなときに助けを求められるような、そんな存在じゃない……。

なのに、急に震えたスマホ。

着信の相手を見たら勝手に涙がぽろりと溢れて、震える指で画面をタップした。

□海斗視点□

「そんなわけで、塚口《つかぐち》さんとお付き合いをすることになりました」

「ちょっと待ってください社長、唐突すぎて」

休日出社に付き合ってくれている亀岡《かめおか》さんに、俺は真帆とのことを報告しておいた。

「無理やりじゃないですよね？　塚口さんが社長のプレッシャーに負けたわけでは……」

「……多分」

ぎくりと言い淀んだ。

そんなはずない、と思う。好き、と先に言ってくれたのは彼女のほうだった。

「多分？」

「……その」

俺はこの際だから正直に言う。

「女性とお付き合いするのが初めてで」

「は？」

思い切り、怪訝《けげん》な顔をされる。

「……社長とお仕事をさせていただくのは五年目ですが、一時期、かなりの数の女性の影がチラチラチラチラしてましたけども」

「それは」

言い訳のように口を開く。

「あー。アレです、誘われたら断らない時期があっただけで」

「はぁ」

「交際していたわけではないです」

「……あ、そうですか」

呆《あき》れたように返された。まぁ自分でもバカだったと思う。

（そんなことで、彼女を忘れられるわけがなかったのに）

自分は思った以上に、真帆に執着して——好きで好きで、仕方なかったのだから。

「ですので、女心というものは皆目見当がつきません」

キッパリ断言した。

分からないものは、分からない。

「そんな堂々と」

「ですが無理強いはしてないです」

「はぁ」

「結婚前提で、とお話ししてますし」

「そこまで話が進んでるんですか⁉　ていうか会長はご存じなんですか⁉」

俺はふっと黙る。

あの、父親。……未だに真意が摑めない。

「近々報告を、と考えています」

「……ま、そこまで真剣でしたら、私のほうからは何も」

「公私混同はしないつもりですが」

「はぁ……それにしても、気がつきませんでした」

約一週間。

少なくとも職場で、真帆はそんなそぶりは一切見せなかった。

ただ、紅茶を淹れてくれたときに、ふと小さく微笑んでくれるのが……とても可愛くて。

「そういうわけですので」

「了解いたしました」

そんな会話があったのが、もう夕方にさしかかる時間帯だった。

窓の外には、煌《きら》めく夕陽。街が金色に染まっていく。

まぶしくて、綺麗《きれい》で——ああ真帆に見せたいな、と思う。どんな瞬間も、思い起こすのは彼女のことばかり。

帰宅して、スマホを前に固まった。

(連絡って、していいのか)

いいんだよな?

付き合ってるんだもんな?

(明日ランチでもどうですか、って誘うだけ)

それだけのことなのに、心臓が爆発しそう。

目の前の水槽では、ベタが一匹、ひらりと泳いだ。

水族館もいいな。喜ぶだろうか。

(……ダメ元だ)

急だし。うん、誘ってみるだけ。

自分に言い訳を用意しつつ、冷や汗を意識しながらスマホをタップした。

何回かのコール音のあと、電話が繋がる。

はやる心を抑えつつ話をしようとして——様子が違うことに気がついた。

「どうしましたか」

『……あの、いま』

震える、小さな声。

『警察の方に、送ってもらって』

警察？

思わず立ち上がる。何があった？

泣きじゃくる真帆からなんとか話を聞き出して——部屋を飛び出した。

車に乗って、聞いた住所に向かいながら、周りの車の遅さに本気でイライラする。信号があることに腹が立つ。

『あ、あの。海斗さん』

「とにかく部屋にいて」

運転中もブルートゥースに接続して、通話は繋いだままにしておく。

真帆は少し落ち着いたらしく「大丈夫です」「ごめんなさい」を繰り返している——さすがに女心に疎《うと》くても、それが嘘《うそ》だということくらいは分かる！

真帆の家は隣県の、こじんまりとした街にあった。

マンションの前に車を停めて、エレベーターのボタンを壊しそうな勢いで押す。

ごおん、と動き出すエレベーター。

遅い。

「っ、か、海斗さん」

「部屋にいてと言ったのに！」

エレベーターを降りると、真帆がしがみつくように、抱きついてきて。

感情がぐちゃぐちゃになる。

自分に頼ってくれることが嬉《うれ》しくて、真帆をこんな目に遭わせた犯人が憎くて。

とにかく真帆の部屋に入って、落ち着かせるように抱きしめて背中を撫《な》でた。

きゅ、と俺の服を摑む指先が震えていて。

「真帆」

真帆はぴくりと身体を動かして「お忙しいのに、ごめんなさい」と呟く。

「忙しいもクソもありません。こんな状況で」

ふ、と息を吐《は》き出す。

「……もっと早く連絡してほしかった」

俺はあなたの恋人ですよね？

ぎゅう、と真帆を抱きしめる。

「ごめんなさい」

彼女は消え入りそうな声で言う。

しばらく、そうしていただろうか。

真帆はふ、と顔を上げて笑う。

「あの」

「はい」

「来てくれて、ありがとうございました……会いたかったから」

嬉しいです、そう言って真帆は首を傾《かし》げて。

心臓が痛い。

可愛い。なんだこれ。可愛いぞ！

「……何よりです」

平静を装って、そう答えて抱きしめ直す。離したくなかった。

「真帆」

「はい」

「今日からウチで暮らしましょうか」

「……はい？」

「危ないので。会社からも遠いですし」

そう提案すると、真帆はぽかん、と俺を見上げて固まった。

（……なんか変なことを言っただろうか）

アレか？　同棲するのは早すぎたか？　世間ではどうなんだ？　全く知らない！

けれど、もう彼女をひとりにしておくのは嫌だった。

「……職務上も、そのほうがサポートしやすいかと」

取ってつけたような言い訳に、真帆は納得したように頷いた。

＊　＊　＊

職務上のサポート、と聞いて納得した。

会社から遠いとすぐに動けないし、一緒に住んでたら臨機応変、対応できるもんね！

私、秘書さんだし！

「本当にいいのですか？」

「俺から提案したんですよ」

私としては、そりゃあ好きな人と暮らせるんだから万々歳なんだけれど！

そのまま身の回りのものだけ持って彼の家に転がり込んで（アカヒレは海斗さんの知り合いの業者さんにとりあえず託した）翌日の日曜日、海斗さんは私を離してくれない。

物理的に。

「あのう」

「なんですか」

「いま何を……？」

「仕事です」

そうでしょうね。

私はちら、と目線を横に。ノートパソコンには書類のＰＤＦがいくつも広げられていた。日本語だけじゃない、英語、さらには中国語のものまで。それらを恐ろしい勢いで確認していく海斗さん。

……の整った顔《かんばせ》は、これまた私のすぐ近く……っていうか、横っていうか。

私はダイニングテーブルで仕事をしてる海斗さんの、膝の上に乗せられていた。

なんでか、海斗さんのＴシャツだけを着た状態で。おっきいから動かない限りは下着までは見えない、けれど。

（は、恥ずかしい……）

私を抱きしめる格好で、海斗さんは淡々と仕事を進めていく。

（これは……どういう状況でしょうか？）

私は頭をフル回転。

はっと気がついた。

(仕事を覚えろってことですね⁉)

見ろと。

仕事内容を見て覚えろと。

(わ、わかりました!)

頭の中で返事をして、一緒にパソコンを眺《なが》める。

今度の東南アジア進出の書類みたいだった。そもそもウチは機械系の商社。

で、自社開発もしてるけど、そのうちのひとつにエビの冷凍の機械があって……ってところまで理解したらもう次の書類。

(何もわからなかった……)

不甲斐《ふがい》ない!

落ち込んでいると、ふと頭を撫でられた。

「?」

頑張れってことでしょうか。

うん、と頷く。頑張ります!

海斗さんは不思議そうな顔をして、私のこめかみにキスをした。

「すみません、仕事ばかりで」

「？　ええと、いえ」

「お昼から、どこか行きましょうか」

「え？」

きょとん、と海斗さんを見上げた。

ええと、愛人ってそんなに気を使ってもらえるものなのでしょうか……？

「い、いいんでしょうか」

「はい、休日なので」

即答された。

まあ仕事はゆっくり覚えてねってこと？

（やっぱり優しい人なんじゃん）

私はくすっと笑う。誰だ冷酷だの氷だの言ってた人～！

なんだか楽しくなってしまって、えいって海斗さんの唇にキスをしてしまう。

好きが溢れて止まらなかったんです。

「……」

海斗さんはじっとしてる。

……やってしまった。

（調子に乗りました）

反省してうなだれかけたとき、く、と顎を上げられて、噛みつくように唇を重ねられた。

「ふぁっ、……はぁ、っ」

簡単に舌を誘い出されて、吸われて甘噛みされて、私も応えようって一生懸命になる……

そんな、えっちなキス。

きゅ、って海斗さんの服を握る。

太ももにあたるのは、硬く主張してきてる海斗さんの、で。

こくりと唾液を飲まされて、唇が離れた。つう、と銀色の糸が引く。ぺろって唇を舐《な》める
海斗さんがセクシーすぎて、なんだか目が離せない。

きゅん、ってナカが蕩《とろ》けてきてる。

「……あの」

「はい」

なんだか真剣な眼差《まなざ》し。

「決して身体が目当てで、一緒に住むことを提案したわけではないんです」

「？　はい」

職務上の、なんか、アレですよね？

頷いてると、ふわりとお姫様抱っこ。

「わぁ」

「嫌ではありませんか」

じっと熱い目で見つめられて。

私はこくりと頷く。

「いや、じゃないです……」

「よかった」

少しだけ、海斗さんは唇を緩めた。

そのまま寝室まで運ばれて、ぽすりと柔らかなベッドに寝かされる。

ぎし、ってベッドが軋《きし》んで、海斗さんは私を覗き込むように覆《おお》い被さってきた。Tシャツの裾が上がって、ショーツが半分くらい見えてしまっている。

「や……っ」

裾を直そう、と手を伸ばした手は大きな彼の手に摑まれて、簡単にシーツに縫い付けられてしまう。

足の間に膝が割り込んできて、大きく開かされた。頰どころか、きっと耳まで真っ赤だ。

その熱くなった頰を、ゆるゆると撫でていく、海斗さんの指先。

「あとで」

「はい」

「紅茶を淹れてもらえませんか？　……俺のために」

私はそっと笑う。

大好きな人に紅茶を淹れられることが、嬉しくて、幸せで。

「――はい」

海斗さんは満足そうに微笑むと、私の耳朶をかぷりと噛む。

「ゃ、ッ」

耳元で、海斗さんが静かに低く、笑った。そのまま、耳の穴に舌をねじ込まれてしまう。

「ひゃあ、ッ!? き、汚いですよぉっ」

私の言葉は完全に無視されて、ちゅくちゅくって音が鼓膜を犯していく。

「やぁっ、海斗さ、ほんとにっ」

抵抗してるのに、身体の芯がジンジンしてくる。

(気持ちいい、んだ……)

頭の中がくらくらした。

脳まで舌で犯されてるような気持ちになって。

「あッ、ぁッ、やぁ……ッ、ダメ……」

腰が動いて、海斗さんの太ももに擦り付けるような感じになる。

(やだよぉ、恥ずかしいっ)

だけど止められない。

もうソコはぐちゅぐちゅで、とろとろ。

海斗さんは、ちゅ、と耳にキスして離れていく。

細められた両目は、どこか探るようなものだった。

（なにを、考えているんだろう？）

そうしておもむろに、私から溢れたので張り付いちゃってる下着に、海斗さんのがぐっとあてられた。

布越しでも分かる。

硬くて、熱くて、おっきい。

「ふぁ……」

それが欲しくて、とろんとした目で海斗さんを見つめる。

また、じっと観察するような目つき。

「……？」

すうっと目線をそらして、海斗さんはじらすようにゆっくりと服を脱いだ。それから少し笑って、私の（正確には海斗さんの、だけど）Tシャツをまくり上げる。

ぴん、と勃《た》ってる私の胸の先端を、海斗さんはちろりと甘嚙みして、高く喘《あえ》ぐ私の声に、低く笑った。

□海斗視点□

分かった。可愛いの天才なんだなこの人は。

パジャマを忘れた、って困り顔の真帆に俺は自分のTシャツを、Tシャツだけを貸した。

分かってる、普通に貸せばいいんだ。

裾を折れば俺のスウェットでも着られた。

(でも初彼女だぞ⁉)

煩悩が中学生男子のように暴走している。幸い、顔には出ていないらしい。

Tシャツ一枚だけで、恥ずかしげな真帆。

しょっちゅうTシャツの裾を気にしてる。白い太もも。時折見える下着。

……でも昨日は我慢した。

いくらなんでも、あんな事件のあとに抱くなんてデリカシーがないことくらい、恋愛偏差値中学二年生の俺でも分かる。

翌朝、今日。

どうしても確認しておきたい書類がいくつかあって、パソコンを開いて膝に真帆を乗せた。

だって可愛かったから。

真帆からキスしてくれて——全身がフリーズした。

（……可愛い可愛い可愛い可愛い可愛い）

頭がぼんやりする。

いま俺の腕の中で恥ずかしげにしているのは、人間だよな？　天使だっけ？　俺の彼女、天使なんだっけ。あっ天使だった、たぶん天使なんだった。

たまらず唇を奪う。

苦しそうで、気持ちよさそうな声。

快楽に寄る眉、半開きの唇から覗《のぞ》く、淫らすぎる口内。

ベッドへ行こうと抱き上げて——ふと、亀岡さんの言葉が脳裏を過《よ》ぎる。

『無理やりじゃ、ないですよね？』

（……そんなことない、よな？）

確認するも、嫌ではないらしくて、安心した。

彼女の全てに触れたくて、指と舌を伸ばす。

服が邪魔で脱ぎ捨てて、真帆のTシャツを胸の上までめくり上げた。

（可愛い）

淫らでイヤらしいのに、それに余りある可愛らしさで頭がくらくらする。

赤く色づいた先端を口に含む。真帆の肌は甘いような気がする。……いや甘い。絶対甘い。

くちくちと甘嚙みして、舌で転がした。

「っ、ふぁ……んッ、やぁッ」

真帆が俺の髪を摑んで、イヤイヤと可愛らしく首を振って。煽《あお》られるばかりで心臓がヤバイ。

陰茎に血が集まってギチギチに硬くなる。

真帆の蕩けたナカに、下着を横にズラして指を伸ばした。

とろりと、でもきゅうんと吸い付いてくる、ソコ。

まだ身体を重ねるのは数えるほどなのに——もうすっかり、俺に馴染《なじ》んでいるような気さえして。

(違う)

まるで俺のために生まれてきたかのような、錯覚までして。

(あー、ダメだ)

他の女性が相手なら、こんなふうに思わないのに。

淡々と欲を吐き出せればそれでよかった。そのために面倒くさい行為までして。

……もっとも、相手からしても別に俺のことなんかどうでもよかったんだろう。

彼女たちが見ていたのは、俺の見てくれと社会的立場だけで……。

脈がないとみるや、さっさと去っていった。あっけないほどに。

バカだった自分。

今は――ただ、見ていたい。

俺のために、真帆が乱れていくところを。

「やっ、は、はぁ……ッ」

指を増やして、関節を曲げて。くち、と水音。真帆の喉から甘い、甘い、声。

「ここですか?」

「……っ、ふ、ぁ……ンッ」

頬を赤く染めて、気持ちよさに耐えるように顔が蕩けて。

真帆が一番反応したソコを、ぐちゅぐちゅと擦る。

彼女のことは、まだまだ知らないことばかり。

もっと知りたい。全部知りたい。喉の渇きにも似た、そんな欲求が俺を突き動かす。

「っ、ぁ、はぁ……っ、ぁンッ、あンッ、やぁ……っ、ダメ、イ……っちゃ、う……!」

真帆の甲高い声が、甘く鼓膜を揺らした。

全然耳障りじゃなくて、むしろ心地よい。

蠕動《ぜんどう》して、指を淫らに締め付けてくる、真帆のナカ。

とろん、と真帆の身体から力が抜けていく。はふはふ、と子犬のような可愛らしい吐息を漏《も》らしながら、俺を見上げて――。

「挿れていいですか」

気持ちを落ち着かせようと、できるだけフラットな声で言う。

真帆は蕩けた瞳で頷いた。

我慢の限界を迎えて、先端からたらたらと透明の液体をみっともなく湛える陰茎に、薄い被膜を手早くつけていく。

くちゅ、と愛液で滑る入り口に、先端を擦り付けた。ぬるぬると蕩つくソコが、ヒクヒクと俺を欲しがって蠢《うごめ》く。

「や、ぁ……んっ」

真帆の腰が動く。目が挿れてほしい、って言っててマジ可愛い。

一生懸命、健気に欲しがってる姿が胸にきすぎて、いろいろ限界。

一気に奥まで貫いた。

「……っふ、ぁあアンッ！」

軽く背を仰《の》け反《ぞ》らせる、真帆。

……イった？

きゅううんと切なく締め付けてくる、ナカ。とろっとろで、もう気持ちよすぎてヤバイ。

「あっ、あっ、あ……」

抽送を止めた俺に、むずむずと腰を動かして、貪欲に快楽を求める真帆。

応えるように、抽送を再開する。

(えっっろ!)

軽くイって恍惚《こうこつ》とした表情。頬は上気して、口は半開きで歯並びのいい歯が見えててチロチロしてる舌が俺の抽送に合わせて喘ぐ。

可愛いと好きで脳内がいっぱい。

思わず噛みつくようにキスをして、真帆の口のナカを貪《むさぼ》った。

(食べてしまいたい、ってこういう感情なんだな)

舌を誘い出して、甘噛み。

歯列をなぞるように、歯茎を舐めて。

きゅうっと肉襞が締まって、一瞬、持っていかれそうになる。

真帆の手が俺の背中に回った。足も。がっちり身体を固定されるみたいに——動きにくいけど、可愛くて、可愛くて、理性が崩壊する。

ばちゅんばちゅんと打ち付ける水音、俺が唇を離さないから真帆の喉からはくぐもった嬌声、蕩けて吸い付くナカ、好きすぎて訳が分からない!

「ふ、ぁ、はぁ、ふ……ッ、はぁッ」

唇を離すと、真帆は喘ぐのと息をするのと、どっちを優先したらいいのか分からない、って感じで胸を上下させた。

健気で胸がきゅんとする。好き。

もっと可愛いトコが見たい。

蕩けてるトコが見たい。

角度を変えて、腰を持って強く奥まで打ち付ける。気持ちいいところを擦り打つ。

「ゃ、はぁあンッ、あッ、ンッ、ダメっ、だめぇっ、海斗ぉっ、きちゃ、来ちゃう、イっちゃうよぉっ」

涙を湛えて、真帆の声が荒れる。敬語を忘れ、可愛い舌を一生懸命に動かして喘ぐ真帆は、究極に可愛い。

「……っ、イってください」

懇願するように言う。

見せて。俺に。……あなたが、イくところ。

じっと見つめて、真帆のイイトコへ抽送して――真帆は悦楽でぐちゃぐちゃで、俺が見つめてるのも気がつかずに――切なく締め付けて、声にならない声で、イく。

びくびくと震える身体、痙攣《けいれん》するかのようなナカは蕩けてドロドロ。

「ぁ……ふぁ……」

甘い甘い声に、耳朶が千切れそう。可愛すぎて。

ぎゅ、と抱きしめる。

真帆が、小さい、小さい声で「すき」って言ってくれるから——死にそうなくらい嬉しくて、首筋にちゅうと吸い付いた。

＊＊＊

思わず零《こぼ》れた「好き」に、海斗さんは気がつかなかったのか、なにも言わずにちゅ、と私の首に唇を落とす。ぴり、と痛いような気持ちよさ……。

うっわーい、セーフ、セーフ！　小声でよかった！

（てか、キスマークつけた？）

……いいのかな。

いっか、別に。他人《ヒト》に口外するわけじゃないし、私たちの関係。

（愛人がいまーす、なんて言いふらしたりしないタイプだろうから……）

ぼうっとそんなことを考えていたら、くちゅん！　って抽送が再開して、私は「はう」だの「あう」だのあんまり可愛くない声で喘ぐ。

「っ、あ、あぅ……ンッ！」

繋がったまま、器用に抱き起こされて、対面する感じで向かい合う。

自分の体重もあって、奥に切ないくらいにぎゅうぎゅうあたる、海斗さんの……。

て。

（や、だっ！）

それだけでイっちゃいそう、やだ、はしたないとか思われない？

じっと見つめる目と視線が合う。なにを考えているんだろう？　でも確かに、熱さは感じ

腰を動かされて、ぬちぬちとナカで擦られる。

（や、ば）

視界がチカチカする。白い星が飛び散って。

勝手にナカが蠢いて、咥《くわ》え込んでる海斗さんのを締め付けて、蕩けて。

「ゃああ……ッ、んん……ッ！」

「また」

海斗さんは楽しげな声音で言ったあと、ふと心配そうに声のトーンを変える。

「イきっぱなしで辛くないですか」

私ははふはふ息を吸い込みながら首を傾げた。

あんまり何も、考えられない……。

「でもすみません、もう少し」

「……ゃっ」

ずぬり、と抜かれた海斗さんの。

私のでぬらぬら光ってるそれは……さっきより大きくなってる気がして。

思わず見入る私を、海斗さんはくるりとうつ伏せにして押し倒す。

腰を高く上げられて、ずちゅりと挿入《はい》ってくる熱量に、私は……また。

「は……ッ、イく、ぅ、はぁ……っ、ぁ……！」

頭がくらくらする。

脳みそが溶けちゃったんじゃない？　なんてことまで思う……。

きゅうきゅうきゅうきゅう、ってナカが蠕動。

脳みそまで突き抜ける、快感。

「……イきやすいんですね」

「っ、そ、そんなこと」

(呆れられたかなぁ……)

そう不安に思うけれど、気持ちよさでそんなの霧散してしまって……もう何回イってるか分からないや……。

海斗さんはぬち、って、奥まで奥まで、って根本まで私に埋め込んで。

「はぁあ……ッ、うぁ、ッ」

ちょうど私の顔の横に置かれた海斗さんの手首を掴む。ぐっと。痛いかなって思うけどそんな余裕は全くない。

「っ、そろ、そろ……俺もイキます」

「はっ、はいっ……」

淫らな水音、ぐっちゅぐっちゅぐっちゅ、ってもうどうやったらそんなに濡《ぬ》れるの⁉　ってくらいにぐちゃぐちゃ。

速まる抽送、打ち付けられるナカ、チカチカする視界……海斗さんの荒い息が嬉しくて。

「あ、っ、だめぇっ、やだっ、また……っ、海斗さんっ、海斗さんっ、海斗さんっ！」

「……っ、ふ……っ」

海斗さんのがナカでびくりびくりと別の生き物みたいにイってるの、と……多分同時に私は達して――そのまま、眠ってしまった。


ぱちりと目を覚ます。

広い寝室。

海斗さんはTシャツにスウェット、というラフな格好で何か作業中。

ああ、何回見ても綺麗な顔《かんばせ》……ふと会社での彼の噂《うわさ》について思い至る。整いすぎてて冷たく思われたりするんだろうな。イケメンも大変だ……っていうか。

「……？」

なにしてるのかな。

起き上がると、ぱっと海斗さんが振り向いた。

「すみません、起こしてしまいましたか」

「いえ……あ、水槽？」

寝室の隅に、おっきな水槽が設えてあった。

「勝手に選んで申し訳なかったのですが」

海斗さんは言う。

「いま立ち上げ中です。水質が落ち着いたら、店に預けてあるあなたのアカヒレ、連れてきましょう」

「あ、はい……」

ていうか、私のアカヒレ、寝室でいいのかな？　一匹百円しない、ふつうのお魚なんだけど。

立派な水槽は、なんだかもったいないくらい。

「……あの、それ、ひとりで運んだんですか？」

「？　はい」

海斗さんは不思議そうに言う。

「玄関までは業者に来てもらいましたが」

「玄関からは自分で？」

「あなたが眠っている寝室に、他の人を入れるはずがないでしょう」

なんだかむっとされてしまった。

「重くなかったんですか？」

「水はいま入れましたよ」

「それにしたって」

このサイズの水槽って、結構重いんだけどなぁ。……ま、私よりは軽いかな。ひょい、ってお姫様抱っこしてくれたもんなー。

ぼうっと、まだ魚のいない水槽を見つめた。

こぽこぽ、とエアレーションの音。

それがなんだか落ち着いて。

また、眠りそうになって布団に逆戻り。

「寝ててください」

「……すみません、お出かけ、しようって」

言ってくれたのに。

まどろみに落ちていきそうな意識の中で、海斗さんが微かに笑ったのが分かった。

「また来週」

優しく私の髪を撫でる大きな手のひらと、その温もり。

（ああ――愛人になって良かった）

眠りに沈んでいきながら、そう思う。

「あなたの、好きなところに行きましょう」

はい、って返事をしたつもりだけれど。

ちゃんと言えたかは、分からなかった。

愛人なのにいいんでしょうか

何回聞いても覚えられない。

「日本国駐箚《ちゅうさつ》ラヴォ共和国特命全権大使ロード・チャンオチャ閣下」

ていうか「箚」って字、初めて見たよ！

竹冠に合うにリ！　これで「さつ」と読むらしい。にほんこくちゅうさつ。

「ラヴォ共和国は」

呆《あき》れたように、亀岡《かめおか》さんは解説を進めてしまう。

海斗《かいと》さんと「そういう関係」になって、はや一ヶ月。

すっかり秋も深まってきた季節、このラヴォ共和国日本大使館でのパーティーとやらに、私は海斗さん……「園部《そのべ》社長」のパートナーとして参加することになった、らしい。

聞いたのはつい昨日。

本来は海斗さんのお父様……会長が参加予定だったんだけど、急にお鉢が回ってきた、とのこと。

（愛人なのに「パートナー」だなんて……いいのかなぁ）

海斗さんからこの話を聞いたとき、私はそう思ってネットでラヴォ共和国を検索した。

「……はっはーん」

そうして、なるほど納得。

ラヴォ共和国は宗教上、一夫多妻のお国柄なのだそうだ。

（それで愛人にも緩いのね）

海斗さんからしたら、堂々と私をパートナーとして紹介できるお相手なのだ。多分。

納得した私は二つ返事で了承して、いま、亀岡さんから徹底的にレクチャーを受けていた。

「分かりましたか？」

「はあ」

「返事」

「はい！」

体育会系な返事をしつつ、またもや不思議に思う。

亀岡さん、変に思わないのかな？　パートナーとして連れて行くから、って海斗さんもばっちり言ってたし。

当の本人は、いまどっかの御曹司とやらとお食事に行ってる。お食事っていうか、ランチミーティング？　どこだっけ、旧財閥系の……鹿王院《ろくおういん》だったかな。

「あのー」

「なんですか？」

「亀岡さんは、私とかい、……園部社長の関係は」

「……存じ上げてますよ」

「ひゃー！」

私はなぜか赤面。

ぱたぱたと顔を手で仰ぐ。やばやば、愛人なのバレてたのか！

「な、なんで」

「社長から聞きました」

「……あ、そ、そうなんですか」

海斗さんは愛人がいる、と思われてもいいのかな？　まぁ亀岡さんは腹心っぽいから、いいのかな……。

「念のために聞きますけれど、社長の強要ではないですよね？」

「あ、それは、はい」

「……ならいいのですが。というか、余計に頑張ってくださいね。社長に恥をかかせないように」

「……ハイ」

しお、ってなって頷《うなず》いた。

愛人、頑張る。

(服とかは気にしなくていい、って言ってたけど)

うーん、と考える。

気にしなくていい、ってどういう意味だろ？　平服おっけーってこと？　ちょっとだけ、いつもよりアクセサリーつけてきたんだけど。

「今回までは、手土産は僕が用意します」

「手土産？」

なんと、パーティーってお呼ばれしてお土産まで持ってかなきゃなのか……！

「大使館に呼ばれた場合、外国産は失礼にあたります。今回の場合の正答は日本産のものか、ラヴォ産のもの。二つに一つです」

「はい」

「というわけで、どうぞ」

亀岡さんが用意してくれてたのは、綺麗《きれい》な瓶に入った日本酒。

見るからに高級そうなそれを、私は「割らないようにしなくては」と思いながら、恭《うやうや》しく受け取った。

「余計なことはしなくて結構。にこにこして社長の後ろをついて回っていればＯＫです」

私はきっちり頷き返す。

何せ私は自他共に認める「ドンクサイ系」秘書なのです。

午後の業務は海斗さんも帰ってきて、いつもどおりに進んでいく……と思いきや。

「では亀岡さん、あとは頼みました」

「はい」

「？」

「行きましょう、塚口《つかぐち》さん」

海斗さんの言葉に「はい社長」と後をついて行きながら首を傾げた。

（まだ十四時なのになー？）

パーティーは十九時だ。まだたっぷり時間はある。

すっかり顔見知りとなった海斗さんの運転手、京田辺《きょうたなべ》さんの運転する車で向かったのは、なんだかエグゼクティブというか、おセレブというか、要は高級そうなブティックだった。

「あのう？」

「どうしましたか」

戸惑ってる間に、お店からわらわらお姉様方が出てきて、店内に引きずり込まれる。

え、なになに、なに⁉

「今回は時間がなかったので、既製服で。次回はフルオーダーで作りましょう」

海斗さんに訳分からないことを言われて、頭の周りに「?」マークを飛ばしながら頷く。

「お写真をいただいておりましたので、見繕わせていただいております」

「みつくろ……?」

ずらり、と並ぶドレス、ドレス、ドレスの波。

「ドレスコードはブラックタイでよろしかったですよね? イブニングドレスでご用意しております」

「ええ」

お店のお姉様と海斗さんの間で、ぽんぽんと話が進んでいく。

ちら、とお姉様を見る。私より少し年上くらいだろうか。綺麗に巻いた巻き髪に、爪先まで気の使われた所作。

(……愛人にするならこの方のほうが)

なんて失礼なことを考えながら、ひとり、ヘコむ。

「では試着していきましょう」

うふふふふふ、ってお姉様方がじりじりと近づいてくる。

「……あの?」

海斗さんと目が合う。整っているのに、相変わらず何を考えてるか分からない顔で、うん、って頷かれた。

（……なにが起きてますのん⁉）

何着も試着してから紺のオフショルダーのドレスを選んで、というか海斗さんに選ばれた、と思ったら、次はパンプス。

「じゅ、十三センチヒール⁉」

「塚口様、小柄でいらっしゃいますので」

小柄……平均はあるんだけどな⁉

（モデルさんみたいな店員さんたちからしたら、そうかもしれないけれど……）

でもこのパンプスを履かないと、ドレスの裾が引きずられてしまう。背に腹は代えられない。

その後アクセサリーを取っ替え引っ替えされ、美容師さんやメイクさんまで来て、出来上がった私は……うん、私でした。

（……普通はもっとさあ）

これが私⁉　とか大変身してるんじゃないの……？

ヒールの分、スタイルがよく見えるといえば見えるけれど、単に「ドレスを着てる塚口真帆」が出来上がっただけでした。

とりあえずのドレスコードはクリアしてるんだろう。パーティーだもんね。

「……ていうか、これの代金って」

レンタル？

なんかぼうっとしてる海斗さんに聞いてみると、目を何度も瞬《まばた》きさせたあと「プレゼントです」と淡々と言われた。

目、ドライアイなんだろうか。

「へ⁉　いえこんな、高価なの」

言いながら気がつく。

そういえば世間一般の愛人さんたち（？）は多分、お相手から高価なプレゼントとかもらっているんだろう。

（そーいうこと、なのかな？）

首を傾げてると「少しは甘えてください」って海斗さん。男の甲斐性《かいしょう》みたいなものかな、こういうの？

（十分、甘えまくりだと思うんだけど……）

海斗さんの高級マンションに無料で居候させてもらっているし。

会社も近くて快適。

「……じゃあ、お願いします」

払う！　って言っても払えるもんでもなさそうですしね……。

海斗さんもいつのまにかタキシードに着替えていた。……最高に似合う。顔がいいって、うらやましい。

(写真撮りたい……！)

海斗さんがかっこよすぎて私、変な顔になってる気がする。

ばちりと目が合って――なぜか見つめ合う。

ドクンと心臓が大きく跳ねた瞬間に、ふい、とその視線は逸《そ》れていく。切なくて、跳ねた心臓がきゅっと痛んだ。

「……あ」

胸が痛んだせいか、ふと冷静な思考を取り戻す。

「どうしました？」

「あの、まだ時間ありますか？」

「？　ええ、多少なら」

ワガママを言って、デパートに寄ってもらうことにした。

よく来るデパートだけど、お茶売り場以外は足を踏み入れたことがない。

「……目立ってる」

十三センチヒールでデパートを闊歩。似合ってるかはともかく、オフショルダーのイブニングドレスは相当目立つ。

隣には高身長タキシードイケメン。店員さんからもお客さんからも、視線が刺さりそうなくらいに見られているのが分かる。

「お茶？」

「はい、亀岡さんからは日本酒をお預かりしてるんですが」

私はお茶缶を手に取りながら、答えた。

ノンカフェインがいいかな？

「さっき大使……えー、閣下は奥様とお子様同伴と聞いて」

奥様はともかく、お子様は日本酒をもらったって楽しくないだろう。

「なので、日本っぽい感じのお菓子とお茶をどうかと思って」

海斗さんは目を細めた。

（……差し出がましかったかな）

そうは思うものの、止められなかったから、緑茶と和紅茶を購入することにした。

「お久しぶりです」

お茶コーナーの、顔見知りのレジのお姉さんに声をかけるけれど、なんだかぽかんとされてしまった。

「……あの、塚口です」

「塚口様⁉」

そんなにびっくりしなくたって……。

いやまぁ、普段ふっつう～のスーツで寄ってるし、急にこんな格好で来られたらアレだよね、認識できないよね。

私も絶対無理。

なんでかハイテンションな店員さんから、ラッピングもしてもらって、お金を……押し問答の末、海斗さんが払った。

ご家族への個人的なプレゼントだから、経費にはせず私が払いますと主張したところ、「それなら俺が払います」と海斗さんが譲らなくなってしまったのだった。

「カッコつけさせてください」

う、と黙る。

そういうとこ、気が回らないいんだよな私……気をつけないと。

歩きながら、海斗さんが口を開いた。

「日本でも紅茶を栽培しているのですか？」

「ええと、緑茶も紅茶も烏龍茶も、全部同じ〝チャノキ〟から作られているんです」

「へえ？」

「製造方法が違うだけなんですけど――日本では緑茶として飲まれてしまうので、紅茶になる茶葉は少ないんですよね」

海斗さんは感心したように頷いている。

えへへ、ちょっと嬉《うれ》しい。いつも仕事は教えてもらうばっかりだったから。

デパートを出て海斗さんにエスコートされ、やってきたのは「公館」って感じの、洋式な邸宅。

厳重な柵があたりをぐるりと取り巻く。入り口には数人の警備員さんが直立不動で睨《にら》みを利かせていた。

(いや無理でしょ)

えっこんなとこで?

こんなとこで、パーリーしちゃうの?

「……真帆?」

「いいいいえなんでもももも」

パーリーってなにするの?

なにをしたらいいの⁉

私はフワフワした気分のまま、公館に足を踏み入れた、のでした。

どんなパーリーか、と身構えてしまったけれど、実際は身構えるほどではなかった。

(外国人だらけで、なんか映画で見るようなやつをイメージしていたんだけれど)

ぼうっと、立食式で美味しいカクテルを飲みながら思う。

確かに、煌《きら》びやかではあるんだけれど――でも、思ったより気楽だった。

大使閣下とお会いしたのは最初のご挨拶《あいさつ》だけ。

お渡しした緑茶も和紅茶も、奥様がことのほか大喜び（親日家らしい）してくれたので、何より。

あとは日本人の関係者がほとんどで、会話もほとんどがビジネスの話ばかり。

「なんか急に詩を誦じたりとかですね、あと社交ダンスする会かと」

「……説明が足りなかった俺も悪いですが、あなたのイメージするパーティーはどんなものなんだろう」

海斗さんはおかしそうに笑った。

私もちょっとリラックスして笑う。まだ多少、緊張はしているけれど――。

そのとき、海斗さんが大使に呼ばれた。

「……今度のビジネスについて、少し一対一で話したいそうです」

海斗さんは心配げに私を見る。

「あは、大丈夫です。隅っこでケーキでも食べておきます」

「知らない人について行ってはいけませんよ」

「行きませんよ！」

何歳だと思われてるんだろう、私年上なのに……！

むっとした表情が出たのか、海斗さんはよしよしと私の頭を撫《な》でて歩いていく。

子供扱いされてるのか、なぁ。

繰り返しますが私は年上。

（もっとこう、大人の魅力的なのを出して行ったほうが……）

ううん、と考えながら会場を見回す。着飾った男女。みなさん魅力的に見えるのは、私に自信がないせいなのかな。

（そんなもの、持ちようがないしなぁ～）

ぼけーっとしてると、少し酔いが回ってきた。

（さっきのカクテル、思ったより度数が高かったのかなぁ……って）

やばい。やばいですよ。

（また記憶が飛んだらエライことです！）

亀岡さんの言葉が脳内リピート、「恥をかかせないように」！　ええ分かってます、ほんとに！

私は慌てて庭に出る。

大きなガラス格子の折れ戸から、庭に出られるようになっていた。

暗い庭は、シンと静まり返っている。

遅咲きの秋薔薇《ばら》が、部屋の明かりでぼんやりと浮かぶ。

冷たい空気が身体を包んで、ふ、と火照《ほて》りが引いていくような感覚がした。

(しばらく、ここにいようっと)

薔薇の植え込みの横、小さなベンチに座って空を見上げた。

満月には、薄い雲。

なんだか、しっとりとした秋の夜。……は、いいんだけど。

「くしゅんっ！」

(しまったぁ、自分の服装忘れてた……)

お酒の火照りが引けば、あるのは秋の寒い空気。

オフショルダーなんてドレス、寒くてしかたない……と、ふわりと肩に暖かいなにか。

「？」

ジャケット？　海斗さん？

振り向くと、知らない男の人が笑っていた。金髪碧眼、クロフネ式イケメンがにっこにこと。

金髪を軽くオールバックにして、でもそれが嫌味じゃないから。ああこれだからイケメンってのは！

「風邪を引きますよ」

英語のスピーキングは無理だ、と身構えた私に降ってきたのは流暢な日本語だった。

(イケオジってやつかなぁ)

四十歳くらいの、落ち着いた雰囲気《ふんいき》の男性。

その日本語にすっかり安心して、私は「ありがとうございます」と頭を下げる。

「いえ、レディが風邪を引くなんて一大事だ」

「あは」

レディだなんて、大層な。

「でもお寒いでしょう？　お返しします。私ももう戻りますので」

「少しだけ、お付き合い願えませんか？」

紳士さんは肩をすくめて、私の横に座ってきた。

「ああいう場は肩が凝って」

「あー、分かります」

「貴女も抜け出してきたクチですか？」

「いえ」

照れながら答えた。

「酔い覚ましです。お恥ずかしい」

「いえ、こういう場はつい飲みすぎてしまいますよね」

にこにこと、穏やかな声で相槌《あいづち》を打ってくれる……うわぁイケオジは性格もいい。

「ちなみになにを？」

「なんだろう……オリジナルだとは思うのですが」

私は思い出し、思い出し、言った。

「多分、セイロン……」

「？」

「紅茶のカクテルでした。リキュールではなくて」

「へえ」

興味を惹《ひ》かれたように、イケオジさんは頷く。

「紅茶リキュールではなくて？」

「う、多分、そうだと」

そこまでの自信はないのです。

あくまで趣味程度の紅茶フリーク。

でもイケオジさんはふうん、と目を細めて。それから鷹揚《おうよう》に微笑んだ。

「申し遅れました、わたしはノア・エバンズ、英国大使館、駐在武官です」

駐在武官？

確か、軍人さんの外交官だ。亀岡さん的予備知識。

ていうか、イギリスの方！

そりゃ紅茶話には乗ってくる。本場の方だー。

「あ、私は塚口真帆です。ええと」

海斗さんの会社名を言うと、すぐに「ああ」と返ってきた。

「機械系の商社ですね」

「ご存じですか？　私、代表取締役の園部の秘書をしております塚口と申します」

名刺を慌てて渡す。エバンズさんも名刺をくれた。上質な、箔押しの名刺だった。

「しかし、いい夜ですね」

「ですねぇ」

ついぽうっとまた月を見上げた。りぃ、りぃ、と虫が鳴いている。

「……大使の代わりで来たのです」

ぽつ、とエバンズさんが呟いた。

「はい」

「軍人ですからね。こういうところは……どうも、苦手で。フネに帰りたくなる」

「フネ」

海軍さんなんだろうな、と頷いた。

「海はお好きですか」

私は頷く。私魚も好きなんです、って話から、エバンズさんは最近までアメリカにいたんだって話まで……ほんの少しの時間、話し込んで——ふ、と背後に人の気配。

「真帆」

振り向くと、海斗さんが佇《たたず》んでいた。部屋を背後にしてるから、部屋の逆光で——表情はよく、見えなかった。

□海斗視点□

その紺のドレスは、真帆によく似合った。

綺麗すぎて、言葉を忘れるほどに。

「綺麗な方ですね」

チャンオチャ大使が、にっこりと微笑んだ。思わず照れて硬い顔になる。大使はくっくっと笑った。

「どうやら心底惚《ほ》れてらっしゃるらしい」

「……否定しません」

「ご馳走様、だ……ご馳走様といえば」

大使が嬉しげに言う。

「あなたの恋人からもらったお茶、妻がさっそく淹れさせていたのだが、とても気に入ったらしい。また産地を教えてくれ」

「分かりました」

内心、真帆に感謝する——大使の第一夫人はなかなかに気難しい。彼女に気に入ってもらえたら、ビジネスも有利に進む。

その後いくつかビジネスに関する確認をして、真帆がいた場所に戻るも姿はない。

「……真帆？」

きょろ、と目線を動かす。

そんなに大人数の集まりじゃない、どこかに——と、思わず息を呑んだ。

天井まであるガラス格子の扉、その向こうで真帆が誰か……男と、笑って話していた。

その肩には、知らないジャケット——横にいる男のものだ、と容易に推測がついた。

勝手に身体が動く。

くらくらした。

なんで、知らない人には着いて行くなと言ったのに。

(子供か、俺は！)

分かってる、嫉妬するほどのことじゃない。

分かってる。だけれど、それでも——。

「真帆」

外へ出て、名前を呼ぶ。振り向いた真帆の瞳には、なんの悪気もない。

ただ無邪気に、年上とは思えないあどけない表情で振り向いて、優しく目を細めて俺を呼ぶ。

「園部社長」

そんなふうに、他人行儀に。そのことに、無性に腹が立った。

その男に、俺と親密だと思われるのが嫌なのか？

みっともなく、嫉妬して、穿《うが》って……そんなはずないのに。彼女がそんな人間じゃないのは、分かっているのに。

「こちら英国大使館のエバンズ大佐です」

立ち上がった真帆は、エバンズとかいう男のジャケットを羽織ったまま微笑む。

エバンズは鷹揚な、しかし誠意のある所作で俺に手を差し出す。

「エバンズです。どうも」

「……園部です」

「いま、秘書さんのお時間をいただいて」

「私の話に付き合っていただいてたんですよ」

にこにこと真帆が言う。

俺は「お世話になりました、エバンズ大佐」とフラットに、できるだけフラットにそう伝える。

そうして、真帆の肩からエバンズのジャケットを剝《は》ぎ取った。

「お返しします」

「おや」

「真帆」

寒そうな真帆に、自分のを着せる。

真帆が俺を見上げて恥ずかしそうにして——心のどこかが回復していくのを感じた。

大丈夫、真帆はちゃんと俺が好き。

エバンズはジャケットを羽織りながら「ではまた、機会があれば」と歩き去る。

「お話は上々にいきましたか」

真帆は首を傾げて、俺を見上げた。

その唇に、そっとキスを落とす。

「……？」

頰を赤く染めながら、不思議そうにしている真帆が愛しくてたまらない。

きゅ、と抱きしめた。

「わ、こんなとこで。海斗さん」

「……うん」

なにも言えずに、黙り込む。

言えるか、嫉妬したなんて。あれくらいで。カッコ悪！

真帆は少し考えたあと、よしよし、と俺の後頭部を撫でる。

「なんだかお疲れです？」

「少し」

「海斗さんは頑張り屋さんですからねぇ」

そう言って、優しく撫でてくれるから――俺はやっぱりこの人が好きで好きで好きで仕方ない、と再確認する。

再確認は毎日毎時毎秒しているけれど、今この瞬間も再確認。真帆が好き。

それから真帆をエスコートして、パーティーへ戻る。戻ってからは、彼女は飲み物をノンアルコールにしていて、少し不思議に思う。強いはずなのに。

それとは別に、ほんの少しの違和感を覚えた。

だけれどそれがなにか、分からない。

穏やかに微笑んで、俺の横で立っている真帆……を、誰かがひょいと持ち上げた。

――物語の、プリンセスのように。

「……っ、エバンズさん⁉」

真帆が慌てたように言って、でも彼は真剣な眼差《まなざ》しで真帆を抱き上げたまま歩く。

はっとして後を追う。

なんなんだ⁉

パーティーの参加者の視線が集まった。

王子のように姫……真帆を抱いて歩くエバンズ、滑稽《こっけい》に追いかける、俺。

エバンズは外へ出て、さっきのベンチに真帆を下ろす。それからパンプスをそっと脱がせた。

「……っ、た」

「マホ、よく歩けていましたね」

思わず息を呑む。

靴ずれ、だろう。踵と、爪先から血が滲んでいた。ストッキングが、血で赤い。

「いやぁ、あのう、お恥ずかしい」

真帆は困ったように笑う。

「……っ、笑い事じゃありません」

知らず、低い声が出た。真帆がびくりと肩を揺らす。

「なぜ言わなかったのですか――」

「言えませんよ園部サン」

エバンズが答える。

「ビジネスの場で、アナタの同伴として来ている立場で、足が痛いだなんて」

「いや、その、もう少しだからと」

真帆が慌てて弁明するけれど、エバンズは俺をじっと見て続ける。

「アナタが気づかなければ、アナタが」

「……」

「そ、そんなこと。これくらいで、ごめんなさい」

しゅんとする真帆の両手を握って、その場に膝をついた。

——不甲斐《ふがい》ない恋人で、ごめん。

怪我をしてるのにも、気がつかない。

「……今日は帰りましょう」

「は⁉　いえあの、大丈夫ですよ歩けます」

靴ずれくらいで、そんな！　と真帆は首を振るけれど。

「大使との話は終わっているんです、問題ありません」

俺は真帆を抱き上げた。

エバンズが探るように俺を見る。びっと視線がかち合った。

エバンズの唇が開く。

「You punk（若造が）」

思わず突いて出た、って感じの言葉。エバンズ自身が、一番その言葉に驚いていた。

青い目が、動揺で揺れた。

「……失礼します」

淡々と。できるだけ、落ち着いて見えるようにそう答えて、真帆を抱えて歩き出す。

この場にいてはいけない。

ここに真帆がいては、いけない。

「っ、あ、あの、あの⁉」

腕の中で慌てる真帆が可愛くて愛おしくて憎い。

俺のなのに、他の男に惚れられてる真帆が好きなのに許せなくて苦しい。

会場を堂々と見せつけるように歩く。

真帆は俺の女だって子供みたいに、子供が宝物を見せつけるみたいに……。

恐縮する真帆を車に押し込んで、ひとりで大使に挨拶に向かった。

エバンズと視線が合う。背が高い。俺より、少しだけ。軍人らしく筋肉質な身体。ピンと伸びた背筋。〝王子様〟のような外見。

女性なら誰もが憧れるような――。

「……彼女は、きみの？」

王子様《エバンズ》が尋ねる。俺は即答した。

「恋人です」

「そう」

エバンズは鷹揚に微笑む。

大人の、余裕。

……腹が立つ。

「失礼します」

踵《きびす》を返しながら、強く思う。

負けたくない、負けたくない、負けたくない。

でもこの「負けたくない」って感情こそが子供《ガキ》である証拠だって、そう思って――また、苦しくなったのだった。

＊　＊　＊

帰りの車内、海斗さんはひとっことも喋《しゃべ》らなかった。

運転手の京田辺さんも気まずげな顔。

(……私のせい、だよね)

中途半端にパーティーを後にして……お仕事だったのに！

（怒ってるのかな）

パンプスを脱がされた、足。

血でストッキングが少し赤い。

こんなときに、靴ずれするなんて。

（ちゃんと愛人頑張るって決めたのに）

ぽろり、と涙が溢れた。

足の皮膚、もっと頑張ってよ！

エバンズさんにもちょっとムカついてしまう。

気を使ってくれたのに、いい人なのに。

……エバンズさんさえ気がつかなければ、私、立ててたのに、歩けてたのに。

（あー、だめだ）

泣いてるとこなんか、見せられない。

気を使わせてしまう。

バッグからハンカチを取り出して、顔は窓に向けてハンカチで鼻と口を押さえた。

あとでちゃんと謝るとして——今謝ると、泣いてるのバレるから——心の中で何度も「ごめんなさい」って謝る。

「……真帆？」

海斗さんの静かな、でも焦《あせ》ったような声。

「痛みますか？　足」

泣いてるのに気がついたみたいで、気遣わしげに言ってくれる。

私は窓を向いたまま、首を振った。ハンカチで押さえてるけど、しゃくりあげる声が少し、漏《も》れた。

「真帆」

海斗さんが困ったように言った矢先――車がマンションの前に止まる。

はっとして立ち上がろうとするのを制された。

海斗さんがさっさと降りて、私の側のドアを開ける。私はぱっと顔を伏せた。泣き顔、ひどいと思うから……。

海斗さんが私を抱き上げて、京田辺さんにお礼を言って歩き出す。ドアを閉めてくれてる京田辺さんに、私ももにゃもにゃとお礼らしいことを呟いた。

「あの、海斗さん」

オートロックを抜けて、エントランス。鍵を持っていれば、勝手に開く自動ドア。

警備員さんが不思議そうに黙礼。

もうひとつ、自動ドアを抜けて――。

エレベーターに乗り込みながら、私は言う。

「歩け、ますから」

「だめです」

「なんで」

「なんででも」

私は海斗さんの顔を見上げて、すぐに視線を下ろした。

「……ごめんなさい」

「なにが」

「迷惑を」

「迷惑なんかかかってない」

「でも、パーティーを……それで、怒ってますよね？」

小さく震える声で言うと、海斗さんが息を呑む気配がした。

「……違う」

掠《かす》れた声だった。

「違う、んです。俺こそ……すみません」

優しく、優しく、唇にキス。

部屋について、ソファに下ろされた。

「……脱げますか」

ストッキングだろうか。私は頷く。

「消毒液、持ってきますから」

海斗さんが立ち上がって背を向けた。

私はドレスをたくし上げて、ストッキングを脱ぎ始めて……足首まで脱いだところで「ぎゃあ」って思う。

「あー、血が」

固まってこびりついて、これ剝がすの痛いやつー。やだなー。

ふ、と影が差して。

海斗さんが固まってた。

「あの」

「濡《ぬ》らしますか？」

「あー」

ちょっと悩む。シャワーはシャワーで滲《し》みそうだよ。

「サッカーをしていたので」

「？」

「たまに、足の爪が割れたりすることがあって」

なにそれ痛そう。

「試合中だとどうしようもないので……というか気がつかないので。そのままだったりして。靴下に張り付いて」

「ひゃああ」

ヒュンとした。なにかがヒュンとした。痛そうです……！

「水道で濡らしてから剝がしてました。気にせずべりっとするやつもいましたけど」

「どっちにしろ痛い！」

悩んだ挙げ句、また抱っこしてもらって、お風呂へ。

椅子にドレスのまま座った。服のままシャワーって、なんか不思議。服を濡らすわけじゃないけど。

「いきますよ」

「うう、はい」

ゆっくりとストッキングを履いてる足を濡らされて。

す、と膝に触れられた。

「っ、ふ、……ぁ」

いやいやいや喘いでる場合じゃない！　と思うのに、口から零《こぼ》れるのはなんか卑猥《ひわい》な声。

海斗さんが肩を揺らした。呆《あき》れられたかなぁ。

じっと視線が絡み合う。

すう、とストッキングが脱がされた。

シャワーからのぬるめのお湯が、傷口を洗い流していく。

「滲みますか」

「……少し」

シャワーが止まる。

海斗さんは私を抱き上げて、またソファへ戻った。

「消毒しましょう」

「いや私、自分でっ」

海斗さんは私の足を手にして、丁寧《ていねい》に消毒してくれる。

「ひゃう……！」

足の裏に触れられて、変な声が出てしまう。恥ずかしいよう！

海斗さんは淡々と手当てしてくれてる。

なのに私は変な声とか零しちゃって、なんかもう、単なる痴女《ちじょ》になってる気がするー！

「たぶん、これでいいと思います」

「ふあ、ありがとう……ございました」

それから苦笑いして、言い訳のように言った。

「普段、あまり高いヒールを履かないので……それで」

ご迷惑を、と言う私に海斗さんは首を振る。

「俺こそ気がつかなくて申し訳なかったです」

「そんな」

「フルオーダーで靴を作っておきましょう。何足か……」

「ふ、ふる⁉」

おいくら万円⁉

首を振る私に、海斗さんは決定事項のように言う。

「靴ずれせずに済むので。あなたが痛いのは嫌だ」

「……」

なんか優しいことを言われてる！

いつも優しいけど……愛人にこんなに優しいんだから、恋人や奥さんになる人は相当幸せだよね。

(わぁダメだ考えちゃ！)

その考えをかき消して曖昧《あいまい》に頷く。

海斗さんが、ローテーブルに消毒セットを置いて、それからまた私を抱き上げる。

「か、海斗さん？」

「さっきから甘い声を出して」

膝の上に乗せた私の首元に顔を埋めて、甘えるような声で彼は言う。

「誘ってます？」

「……っ、ない、ですっ」

慌てて真っ赤になって否定するけど、海斗さんは構わずベッドルームに私を運ぶ。

静かな水槽のエアレーション、音もなく泳ぐアカヒレたち。

「じゃあ俺から誘います。抱かせてください」

「……はい」

拒否なんかできない。

好きな人に求められる、って、それだけで……私はナカから蕩《とろ》けてきちゃうんだから。

□海斗視点□

嫉妬して誤解させて、傷つけた。

「あの、ほんとうに……ごめんなさい」

真帆が眉を下げた。

「言えばよかったんです、最初から少し痛かったので」

「あなたのせいじゃない、と何度言えば？　怪我に気づけなかった俺の落ち度です」

「いえそれは」

言い募ろうとする口を唇で塞《ふさ》ぐ。

ベッドの上、綺麗なドレスで横たわる、真帆に。

「ふ、ぁ……」

可愛すぎる声――。

ベッドに腕をついて離れて、じっと彼女を見つめた。

（お姫様みたいだ）

そう思う。

幼い頃に見た、絵本のように。

抱いていいんだろうか、なんて逡巡まで起きる。綺麗すぎて――紺のドレスを、脱がせたいような、脱がせたくないような。

「海斗さん？」

「……いえ」

その首筋に唇を落としながら、さらりと脱がせて抱きしめる。

素敵《すてき》な思い出になればいいと思ったのに――嫌な思いをさせてしまったかもしれない。

ドレスを着て。

パーティーへ行って。

……女性はそういうの、好きだろうなと……そう思ったのだけれど。真帆は違うのだろうか。

真帆は恥ずかしげにしながら、脱がされたドレスを見つめた。

「……ドレス、気に入ってもらえましたか」

真帆は少し笑った。

「はい。でも」

くすくすと楽しそう。

「なんだか私は、私でしたねぇ」

彼女の言葉を不思議に思いながら、答えた。

「それはそうでしょう」

「あはは！」

真帆は楽しげに笑った。

「でも、ちょっと非日常でした」

「はい」

「面白かったです」

その「面白かった」に、あの男が入っていないことを祈りつつ。

「また」
少し緊張して、話す。
「また、付き合って……もらえますか？」
「？　それはもちろん」
にこりと微笑まれて。
あーもう、ほんとに可愛い。
（もう嫌な思いはさせない）
自分の……女性との交際経験の浅さが本当に嫌になる。
（関係、ないか）
俺に余裕がないだけ。
そっと柔らかな唇にキス。
それだけで、満足感が全身を襲う。
舌を挿し入れて、甘い口内をたっぷりと味わう。
甘やかに真帆が震える。
恥じらいで染まる肌。
（誰にも見せたくない）
唐突なほどに――独占欲が頭をぐるぐると。気がおかしくなりそうだ。

あの男が脳裏に浮かぶ。

真帆を見つめる熱い眼差し――あのイギリスの、駐在武官。

その顔を、頭の裡《うち》からかき消した。

もう二度と会うことはない――はず、だから。

そう自分に言い聞かせ、そっと真帆の胸の膨らみに触れれば、彼女は甘くて高い声と一緒に身体を跳ねさせる。

可愛すぎて頭がくらくらする。

服なんか邪魔だと脱ぎ捨てると、真帆とばっちり目が合った。

「どうしましたか」

「いえ、その」

つう、と真帆が俺の脇腹を指で辿る。

「鍛えてらっしゃいますよね？」

「そこまで意識的には」

「きれいな……」

ほう、と少しうっとりした表情。

「きれいなからだ」

真帆がゆったり微笑んで――。

（あー‼）

頭の中で叫ぶ。なんだこれ⁉

大学まで部活をしていたときの癖で、なんとなく筋トレを続けていてよかった！

真帆はずるい！　可愛い！

こんなことされて――冷静でいられるわけがない。

ぐ、と真帆の足を広げて、その中心ですでに濡れているソコに視線を向ける。

「や、……っ、見ないで」

「いやです」

見ないでどころじゃない。

吸い寄せられるように、顔を近づけた。

「……ッ、ヤダっ、汚いですっ」

そんなはずがない。

あなたの身体に、汚いところなんて――。

くちゅり、と蕩け始めているソコに口づけて。びくりと震える身体に構わず、舌を伸ばす。

「ゃあ……ッ、ふぅ……ッ、ぁッ、んッ」

真帆の唇から零れた喘ぎ声。鼓膜から興奮する。

ぷくりと主張している、肉芽を軽く、軽く、甘噛みして。

「やぁんッ⁉」

真帆の手が俺の頭に触れた。髪を柔らかに摑んで、甘い抵抗をする。イヤイヤと首を振って、でも口からは高くて淫《みだ》らな声しか溢れていない。

（可愛い）

頭の中が真帆でいっぱい。甘くて苦しい。

指を挿入して、くにくにと蠢《うごめ》くナカの肉襞に押し入る。

「ふぁ、ぁ……ッ！」

真帆が感じるところを、ぐちゅりと擦り上げる。真帆は一瞬、高い声を上げて——ナカが切なく締まって、とろりと淫らな液体が溢れた。

唇を寄せる。

「ヤダ……ぁッ！」

舌を挿れた。

真帆の声音が、また変わる。

「や、ぁ、はぁッ、なにこれっ、ヤダぁ……！」

もしかして、と思う。

真帆は（あんまり考えないようにしているけれど）——「はじめて」じゃなかった。

けれど、もしかして——こうされるのは、はじめて？

（マジか）

真帆に「はじめて」を与えているという、誰に対してかも分からない、ひどく子供じみた優越感。

「や、ぁ、あ……んッ、怖いッ、何、ッ、はぁ……ッ」

ぐちぐちとナカを貪《むさぼ》る。

真帆は俺の髪を摑んだまま、喘ぎ続けていた。

「や、こわ、ぁ、いッ」

ぴくぴくと震える身体。

興奮して陰茎に血が集まる。痛いくらいに。彼女のナカに挿れたくて、先端から溢れる露《つゆ》。

「怖くない」

端的に答えて、それから「気持ちよくない……ですか？」と不安になって訊く。

真帆は一瞬押し黙って。

手を口に持ってきて、恥ずかしげな目線を俺に向ける。伏せられた睫毛《まつげ》が、ほんの少し、震えた。

「……きもち、いぃ……です」

（なん……だそれ）

可愛すぎて一瞬呆然となる。理性がもうダメになってきてる。

「……挿れてもいいでしょうか」

興奮しすぎて壊しそうだから、なんとか理性的な声を意図して出して、ワンテンポ置くために、小さく息を吐《は》きながらゴムをつけた。

(落ち着け、俺)

そうして、こくりと頷く真帆のナカに、蕩けきってズブズブな真帆のナカに——押し挿入《はい》った、のだった。

そりゃ私以外にもいますよね？

海斗《かいと》さんはめちゃくちゃ優しい。

ほんとに毎日、そう思ってる。

（愛人なのになぁ）

一緒に住んで一ヶ月と少し、あのパーティーから一週間、足の怪我も……まぁカサブタです。

（若い頃はすぐ治ってたような……）

もうすぐ三十路。別に年齢は気にしてないけれど、なんか若い頃とは違うなぁ～。なんて思いつつ帰宅したら、女の人がいた。

（……ええと）

海斗さんと一緒に帰宅することもあるけれど、たいていは先に帰宅してご飯を作ることが多い私。

だから、今日もスーパーで買い物をして、いつもどおりにマンションに帰って鍵を開けた。

そうしたら、そのひっろい玄関に知らないショッキングピンクのパンプスがあって、無言でそれを見つめている、今……なのです。

「……へ？」

思わず変な声が出た。

（え、なに？）

ぽかんとしてる私の前に、長い廊下を歩いてきたのは、二十代前半……くらいの女の人。

艶《つや》やかな長い黒髪、ぱっちりした長い睫毛《まつげ》に彩られた瞳、ぽってりとした唇。

スラリとした綺麗《きれい》な姿態、てか……足、長っ！　身長高っ！　モデルさん⁉

「……あの？」

玄関で立ち尽くす私を、その子はじとりと見下ろす。

そうしてひとつ、ため息。

「ほんっとさぁ」

イライラ、とその子は腕を組んだ。

「女遊び止めろって言ってんのに、また悪い虫が騒いでるわけ？　あの男」

「……あの、ええと」

「てか、それなに？　料理でも作って胃袋摑もうって魂胆？」

食材が見えてるエコバッグを指さされた。

「……」

なにも言えずに立ち尽くす。

「そんなんしてもムダだからさぁ……」

「あ、の」

「今日は帰ってー？」

その子は目を細めた。

明らかに見下してる口調で。

ぽかん、としつつ、後ずさる。

（こ、わー！）

迫力がすごい。背が高いし、派手目美人さんだから……。

「で、でもその」

帰る場所、ここしか……ない。この間まで住んでいたマンションは、もう引き払ってしまっているし……。

「でももクソもないよ、出てけっつってんのー！」

叫《さけ》ばれながら気がつく。

ああ、ほんとに私……鈍感で、嫌になる。

（そ、そりゃ私以外にもいるよね⁉）

愛人？　的な……。
胸がずんと重くなる。
(期待はしないようにしてたのに)
愛人さんとして、ちゃんと一線引いて……なのに、海斗さんが優しいから。
大切にしてくれるから。
……だから、思い上がってた。
(てか、こんな美人さんだもん。……女遊びやめろ、って言ってた)
そんなこと言える立場の人、てことは。
――愛人じゃない。本命さんだ……。
ぽろりと涙が出て困る。
女の人が舌打ち。
(本命さんだとしたら……私は、なんてことを)
そりゃ、怒るよ。怒られて当然だ。
謝っても謝り足りない。
「ご、めんなさい……」
「は？」
「出て行きます。ごめんなさい。荷物は……また、住所をお知らせしますので」

「え？」

「鍵も、お返し、します」

ことり、と棚の上に鍵を置く。

もらったとき……嬉《うれ》しかったなぁ。

「か、鍵？　え、ねぇちょっと待って、あなた一体」

ぐっと言葉に詰まる。

そりゃ嫌だよね、愛人が鍵、持ってたら……。

「失礼します」

玄関から飛び出した。

一気に走って、エレベーターに飛び乗る。幸い、降りたときのまま止まっていたらしい。

動き始めたエレベーターで、私はうずくまる。

「はぁ……」

ため息と同時に、ぽろんと涙が零《こぼ》れ落ちた。

エレベーターを降りて、エントランスで顔見知りになった警備員さんが黙礼してくれる。

泣いてる私に不思議顔。

そうして自動ドアを出て、秋風がぴゅうん。マフラーを巻き直した。

時刻は二十時過ぎ、くらいだろうか？

外灯がキラキラな夜道を歩き出す。

「はぁ」

ため息しか出ない。あと涙。エンドレス涙。時折すれ違う通行人が、私を見てちょっとギョッとしてる。

（せつないよー）

外灯の明かりが、涙で滲《にじ》む。

分かってたのに、私。愛人なんだってことくらい……。なのに切なくて苦しい。悲しい。バカみたい。

しばらくあてもなく歩いて、立ち止まる。

鞄を確認しようとして、はっと気がついた。

（いま、何時だろ）

「……ウソでしょ？」

鞄、置いてきちゃった！

玄関だろうか？　鍵出したときかなー!?

「最悪だぁ……」

へたり込みそうになるのを必死で我慢した。力が抜けて――足が痛いのに気がついた。

踵が痛む。

唇を噛んだ……っていうか！

(財布もスマホもないよー！)

あるのはエコバッグだけ。

鍋の具材だけだ。エコバッグからは、ネギがひょこんと覗《のぞ》いている。

(今日鍋ですよ、って言ったら喜んでくれてたのに)

ちょっと海斗さんを恨んでしまう。

言ってくれてたら、ホテルでもなんでも取っていたのに。ていうか……本命がいるなら、優しくしないでほしかった。

(女遊びやめろ、って言ってた、な)

胸が痛い。

ごめんなさい、って何度も繰り返した。

ふ、と息を吐《は》く。冷たい夜気に白い息が溶けていく。

「ここ、どこだろう……」

適当に歩きすぎたせいか、ここがどこかも分からない。

知らない公園があって、地図もあるけれど……地名自体は知ってる。

(なんとか大通りまで出て、タクシー捕まえて)

でも、マンションに帰る勇気はない。

友達の家、も……どうだろう。

（あ、会社まで行けそうかな？）

地図上の駅名的には、そう遠くないはず。

会社まで行けば、誰かしらいるんじゃないかな。最悪、守衛さんにお金を借りよう……。

でも、身分証がないから、ネカフェは無理かな？　カラオケもこの時間はいるんだっけ？

どうだっけか……。

なんとかひと晩、夜露を凌《しの》がなくちゃ。

ひゅう、と晩秋の夜風が悲しく吹く。

物悲しくて、俯《うつむ》いたとき――ぽん、と肩を叩《たた》かれた。

「ひゃあ!?」

「わ、ごめんなさい」

慌てたような声には聞き覚えがあった。

振り向いた先で――英国紳士が、笑っていた。


「喧嘩ですか？」

オレンジの外灯の下、公園のベンチ。

エバンズさんが自販機で買ってくれたあったかいミルクティーで、ほうと息をついた。

白い湯気が夜の闇に溶けていく。

「いえ」

喧嘩なんかじゃない。

単に――現実を突きつけられただけ。

「じゃあなんで、こんな時間にひとりでネギを持って立ってるんです？」

「ええと」

私は小さく笑った。

エバンズさんは心配げな眼差《まなざ》し。スーツだから、お仕事帰りだろうな。

軍服ってわけじゃないんだなぁ、って関係ないようなことを思う。

「帰ったら、女の人がいて」

「……マホは、園部サンと暮らしてるんですね？」

「……はい」

エバンズさんは私が海斗さんの「パートナー」だって、パーティーに出ていたから知ってるはず。

今さら「愛人」なのを隠す必要はないから、素直に答えた。

（正確には、暮らして「た」になっちゃうのかな）

自嘲的に、そう思った。

笑えるかな、明日から。

ちゃんとお仕事、できるかな。

「……知らない女性が部屋にいた、と？」

「まぁ端的に言えば。……おそらく本命の方ではないかなと」

「……？」

不思議そうに、エバンズさんは私を見つめる。

「本命の？」

「あ、本命っていうのは、ええと」

「いえ、意味は分かります。少し、その……いや」

エバンズさんは思い直すように首を振る。

「了解しました。園部サンには他に本命の女性がいる。そういうことですね？」

「……はい」

改めて突きつけられると、結構キツイ。

ああでも、どうしようもなく真実だ。

「これからどうするんです、マホ？」

「……エバンズさん、本当に申し訳ないのですが」

私はぺこりと頭を下げた。

「明日絶対にお返ししますので、何千円か貸してもらえないでしょうか？　泊まるところがなくって」

「……ウチに来てもいいですけれど？」

にこ、とエバンズさんは微笑んだ。

「へ？」

「もちろん何もしませんよ、ええ」

エバンズさんは優しく私を見ている。……そりゃ、こんなイケオジさんが私なんかに手を出すなんて思わないけれど。

「でも、ご迷惑じゃ？」

「レディをこんなところでひとりにするほうが、心苦しくて……眠れないかもしれない」

「あは、レディだなんて」

苦笑いする私の手を取って、エバンズさんは手の甲に唇を寄せた。

「ひゃあ⁉」

慌てて手を引く。

エバンズさんはからからと笑った。

「失礼」

「い、いえ……」

外国人、すごいな⁉　スキンシップ気楽だな⁉

「ところで、その袋の中身はなんです？」

「あ、ええと。晩ご飯の……寄せ鍋の具材です」

海斗さんの好きな、と心の中で続けて言った。

「オイシソーですね。じゃ、それで」

「？」

「それ、ご馳走してください。宿泊料代わりに」

「……えっと、その！」

「決定。ではウチに」

立ち上がって、決まり事のように言うエバンズさん。

慌てて「それはできない」と言おうと立ち上がった矢先——誰かの腕の中に、強引に腕を引かれて閉じ込められた。

「⁉」

「真帆《まほ》、見つけた……」

荒い息でそう言うのは……海斗さん。

「え、あれ、なんで⁉」

戸惑いながら、私は無意味にきょろきょろ。

そうして同時に、嬉しくて。

黒い、タールみたいな喜びが湧いて——私は私が嫌になる。

(本命さんより、私を探しにきてくれた)

そんなことが、嬉しくて。

たとえ「職務上必要だから」みたいな理由でも、それでも。

海斗さんは低く叫んだ。

「なんでもなにも！　……っ、妹が、余計なことをしたみたいで」

「い、妹？」

目を白黒させてる私のところに、さっきの美人さんが駆け寄ってくる。

「ご、ごめんなさい、本当にごめんなさい、真帆さん！」

「……へ？」

ぽかん、としてる間に、ゆっくり海斗さんは息を整えていく。

「紹介します。……妹の詩織《しおり》です」

「い、妹さん⁉」

「父親は違いますが」

さらりと言われた。

(……結構、フクザツだ！)

愛人的な立場から、あんまりプライベートは聞かないようにしていたけれど。

エバンズさんと目が合う。肩をすくめて、小さく「残念」とエバンズさんは囁《ささや》くように言った。

「マホの寄せ鍋、食べたかったな」

「……残念ですが食べるのは無理でしょうね」

私の代わりに、海斗さんが答えた。

「未来永劫的に」

海斗さんがひどく冷たい声をしていて、戸惑う。

「さて、どうでしょうかね。……じゃあ、また、マホ」

ひらり、と手を振ってエバンズさんは歩いていく。

「あっ、あの！　エバンズさん」

私は叫ぶ。

「ミルクティー、ご馳走様でした！」

エバンズさんは何も言わず、ただ背を向けたまま手を上げただけ――だった。

マンションに帰って、詳しい話を聞く。

その間も、私はソファの上で海斗さんに抱きしめられたままだった。

（冷えてるから、って言われたけれど）

とりあえず、されるがままになっていた。

「とにかくアタシが悪いんです。ごめんなさい」

詩織さんが頭を下げた。

「また、お兄ちゃんの悪い癖が出たんだと早とちりして……」

「悪い癖？」

私は首を傾《かし》げた。

詩織さんはムニャムニャした顔になる。……あ、そういえば。

「さっき、女遊び、って言ってました？」

今度は海斗さんがびくーん！　と肩を揺らした。

「いや、あの、その……」

口籠もる詩織さん。

私もまた、頭を下げる。

「その。てっきり、本命の方にお会いしちゃったと思っ……」

「本命⁉」

海斗さんが私の肩を摑んで振り向かせる。

「本命って！　そんなはずないでしょう！」

すごい慌てよう。

（ま、妹さんを恋人と勘違いされるのは。そりゃイヤかぁ）

納得して、頷《うなず》く。

海斗さんはぐっと黙って、それから言う。

「俺にはあなたしかいないのに」

私は目をパチパチ。

（……いま、こういう関係なのは私、だけ？）

私だけ、っぽい。

それがなんだか嬉しくて、私は笑ってしまった。

どうしようもなく幸せで、笑ってしまった。

□詩織視点□

普段、京都《きょうと》の大学に通ってるアタシが東京《とうきょう》に来るときは、いつも兄の家に転がり込んでいた。

実家と呼ぶべきものは、アタシたち兄妹にはもうなかったから。

「あー、結構久しぶり」

思わず独り言を言いながら、そのやたらと高級なマンションのエレベーターに乗る。

……何年か前なら考えられなかったような、生活。

おかげで兄の性格も悪くなった……気がする。

「さすがにもうやめたよね？　女遊び」

東京にくるたびオンナの（しかも複数）影がチラチラチラチラしてて、めちゃくちゃイヤだった。

前のお兄ちゃんなら、そんなこと絶対しなかった、から。

汚い。

不潔。

どーにかしろ。

母さんが草葉の陰で泣いてる！

我が兄ながら情けない！

妹にここまで罵《ののし》られたのはさすがに応えたのか、ここ最近、女性の影が絶えて久しい。

で、久しぶりにアポ無しで東京の兄宅へやって来て。

マンションの部屋に入って、荷物を置くやいなや玄関で物音。

（はぁ？）

時計を見る――お兄ちゃんにしては、早い。ていうか足音……ヒール。女の人？

廊下に出てみると、お兄ちゃんと同じ歳くらいの女性が立ちすくんでいた。

（ムカつく）

まだあの兄、女遊びやってたのか！

でもその人を追い出して、違和感。

「……鍵、持ってた」

あの兄が「遊び相手」に自宅の鍵を貸すなんてあり得ない。

さあっと血の気が引いていく。

慌てて部屋から飛び出すけれど、三基あるエレベーター、全部動いてててすぐに来てくれそうにない。階段で降りるには高層階すぎる！

「てか、荷物？　荷物……？」

荷物の話をしてた。部屋に戻って、リビングを見回す。……兄っぽくない荷物が増えてた。

ソファには女性モノの膝掛け。ダイニング、食器棚には揃いのマグカップ、お箸、お皿も増えてる！　洗面、うわー！　どうしよう！　並んでる女性モノの化粧品に、歯ブラシ。

「一緒に住んでるヒトだった！」

血の気が引くどころの騒ぎじゃない。兄の彼女、追い出しちゃった！

冷や汗をかいてると、また玄関で物音がした。

戻ってきてくれたのかと廊下に飛び出すと、兄が不思議そうに立っていた。

「詩織？　来るなら来ると」

「あ、あああのね、お兄ちゃん」

「真帆は？　先に帰ってきただろう？　報告が遅れてすまない、いま彼女と付き合っていて
──」

兄は幸せそうに笑う。

「時期は未定だが、いずれは結婚も考えている」

「そーのーひーと！」

アタシは髪の毛をぐしゃぐしゃに（小さい頃からの癖！）しながら叫んだ。

「ごめんお兄ちゃん！　その人追い出しちゃった！」

「……は？」

思い切り低い「は？」だった。

アタシは身体を縮こませる。

「てっきりお遊びの相手だと」

「そんなはずがあるか！」

比較的妹に甘い兄が本気で怒ってる。

「ご、ごめんってば。早く連絡して、呼び戻して」

なんて謝ろう、って逡巡してると、玄関の隅でヴーヴーヴーって振動の音。

呆然とする。

さっきの人の、鞄が置いてあった。

「うそ」

「……」

お兄ちゃんは舌打ちとともにスマホの通話を切って、乱暴に鞄を開けた。

「スマホも財布も置いていってる……どこに」

はっと外のことを思い浮かべた。十一月半ばの夜、今日は特に寒くて……。

「さ、探そう」

そう言った瞬間には、お兄ちゃんはもう玄関を飛び出していた。

エレベーターのボタンを叩きつけるように押している。ごめん、本当にごめん、お兄ちゃん。

「ああそうだ、防犯カメラ。新しく納入していた分で」

お兄ちゃんはどこかに電話していて、アタシは小さくその横で突っ立っている。

エレベーターは地下まで行って、お兄ちゃんは車に乗る。アタシも乗り込んだ。

「ごめんね」

「それは真帆に言ってくれ」

お兄ちゃん完全にキレてる声で言った。

　ほんとに……。

　近所から少し遠いところまで、車でくるくる回る。アタシは窓を開けて、じっと外を見つめていた。

　肌の切れるような冷たい空気。

　でも真帆さんはひとりで、その中を歩いているかもしれなくて。

　そう思うと、申し訳なさで胸が痛んだ。

　と、お兄ちゃんのスマホが鳴る。ブルートゥースに繋げてたっぽくて、お兄ちゃんはすぐに通話に出た。

『社長、塚口、映ってました』

「どこに」

　通話の相手は……亀岡さんかな？　お兄ちゃんの秘書の、四十くらいの男の人。

　亀岡さんは地名を言う。アタシはほっとした。そんなに遠くない。

　会話の内容的に、どうやら自動販売機に防犯カメラがついているとのこと。防犯カメラを導入する自治体が増えてて、その一環で自動販売機にも付けて……ってそれはどうでもいい。

『ただ、社長』

「なんですか」

『塚口、ひとりじゃありません』

「……どういう」

『外国人男性と……確か、イギリス大使館の』

がん！　ってお兄ちゃんはハンドルを叩く。し、知ってる人なのかな。

言われた住所に、お兄ちゃんの車は向かう。

公園の入り口に止めて、お兄ちゃんは走り出した。アタシも続く。

そうして──謝って。

謝り足りないけど、謝って。

家に帰ってもお兄ちゃんは真帆さんを離さない。

（よっぽど好きなんだ……）

感心してしまう。

あのお兄ちゃんが、こんなふうに誰かを大切にできるなんて。

改めて謝罪しようとして、アタシはまた失敗を犯す。

「悪い癖？」

真帆さんの不思議そうな声……お兄ちゃんがじとりと「余計なこと言ったな？」って顔でアタシを見た。ひええ。

「さっき、女遊びって言ってました？」

真帆さんの言葉に、お兄ちゃんは面白いくらい「びくーん！」ってなってた。知られたくなかったらしい。

（でも知ってる、よね？）

ぶっちゃけあれだけ派手にやってたんだし、会社の人なら知ってるでしょ？

予想どおり「本命の方かと」と真帆さん。

お兄ちゃんは半分パニックで「あなたしかいない」なんて、妹の前っての忘れて甘いセリフを吐いてる。

でもまぁ、おかげで真帆さんも落ち着いて笑ってくれたし……ああ、なんとか一件落着。

お兄ちゃんと目が合う。思い切り睨《にら》まれたけど――でもさあ、昔のお兄ちゃんの所業も悪いよね⁉

アタシはそう思いながら、小さくため息をついたのでした。

□海斗視点□

真帆の身体がひどく冷たかったから、なんて理由をつけて抱きしめて腕の中に閉じ込めて。

詩織は珍動物を見るような目で俺を見ていた。知るか。少しは反省……結構しているらしいので、あまりくどくは言わないけれど。

「死ぬかと思った」

真帆がシャワーを浴びにいって、端的にそう呟《つぶや》いてソファにどかりと座り直した。

詩織はとても残念な生き物を見ている目をしている。

「……なんだ」

「お兄ちゃんは隠してるかもだけど、真帆さん多分知ってるよ、お兄ちゃんの女癖の悪さ」

「？　悪くないぞ、実際に交際するのは真帆が初めてだからな。童貞だったと言っても過言じゃない」

「詭弁《きべん》だっつの」

詩織は、真帆の紅茶コレクションを楽しげに眺《なが》めながらバカにした口調で言う。

「ひゃーん、プリンスオブウェールズ！　しかもこれ期間限定のやつ～」

白い缶を持ち、詩織は嬉しげ。

……知らなかった。紅茶好きだったのか。

俺はなんとなくそれを眺めながら……考えた。

（え、知ってる？）

知ってた？

いや、ここ一年半くらいは、つまり今の会社に来てからはそんな……真帆に会うまで禁欲的に過ごしてて。

でも知ってても変じゃない。

亀岡さんからもしかして……何か聞いていたり、するのか……？

結構マジで過去の自分を殴りたい。

「ていうか、お兄ちゃん。大丈夫なの、お兄ちゃんのお父さんは」

「……うん」

「認めてくれるの？」

「認めさせる」

俺は笑う。

「すでに〝パートナー〟として外に連れ出しているしな。先週も大使館のパーティーで彼女を紹介したところだ」

「はー。外堀からお埋めになってるわけですね～」

「各省庁のお偉方にも紹介済みだ」

「ずいぶんとベタ惚《ぼ》れでいらっしゃいますのね」

「死ぬほど好き」

「ご馳走様」

ふん、と詩織が別の缶を手に取った。そしてふ、と思い出したように口を開く。

「でもさっきの外国の方、かっこよかったよねぇ。お知り合い？　紹介してよ、イケオジ」

イケオジ？　なんだそれ。

「いやだ」

二度と会うまいと思っていたのに！

むっとした表情で拒否したとき、ちょうど真帆が温まった様子でリビングに戻ってくる。

「あれ、詩織さん。紅茶好きなんですか？」

「詳しくはないんですけど～」

真帆は同好の士を見つけた、と嬉しげ。

「よければどれか淹れましょうか」

「わ、いいんですか～」

ふたりともすっかりリラックスしていて、ほうと息をつく。

息をついたついでに、さっきの不安がまた顔を出す。

（知ってたのか？）

過去の所業。

いや誰かを傷つけたりはしてない、してないけれど。……彼女たちの目当ては俺の社会的立場がメインだったわけで。

くだらない、与えられた立場。

あのとき——母が死んだとき。途方に暮れた俺の前に突然現れた「父親」が言った。

跡を継ぐなら、妹の生活費も学費も工面してやる、と。

幾ばくかの生命保険は入っていた。けれど、詩織のために大学は辞めなくてはな、と思っていた俺に。喉から手が出るほど「金」が欲しかった、俺に。

詩織はまだ中学生で――。

「海斗さんもいかがですか」

真帆の声に、はっと我に返る。

「あ、はい」

ふ、と息を吐く。

「いただきます」

「分かりました」

にこ、と笑う真帆。

つい、聞いてしまう。

「……なにか、俺について。亀岡さんから聞いてませんか？」

「亀岡さん……？」

藪蛇《やぶへび》だ。

藪蛇だったぞ！　俺のバカ！

詩織がバカを見る目で見ている。

「いえ、その……気にして、ないですか？」

目線を逸《そ》らしたくなるのを堪えながら、訊く。

「詩織の言った……女癖がどうの、って言葉」

「？　大丈夫です」

「そ、うですか？」

不思議そうに首を傾げる真帆に、ほっとしていいはずなのに——湧き上がる、モヤモヤとした感情。

……嫉妬するのは、俺だけなのか……？

ベルガモットの爽やかな香りに、はっと気を取り直す。真帆が詩織と淹れてくれたのは、ホットのアールグレイだった。

真帆いわく、アールグレイはフレーバーティー……着香茶の一種類のことで、茶葉の種類ではないとのこと。

その間に、俺は適当に厚焼き玉子のサンドイッチを作る。

三人でそれをゆっくり飲んで、サンドイッチを食べて——小さく、真帆があくびをした。

「先に寝てください」

「あ、いえ……片付けもありますし」

「やっておきますから」

疲れたでしょう、と半ば強引に真帆を寝室に連れて行き、扉を閉める。

でも、と眉を下げた真帆を抱きしめた。

「ごめんなさい」

改めて、謝罪した。

「あ、いえ……？」

「悲しい思いをさせました」

す、と頬を撫《な》でて。

真帆が気持ちよさそうに目を細める。

「その……私もちゃんとここに住んでますとか、そういうことを言えばよかったんです、あはは」

「詩織は性格が苛烈《かれつ》なんです……言えないですよ。今日はゆっくり休んでください」

前髪をかき上げて、額にキス。

真帆はくすぐったそうに笑ってくれる。

あーどうしよう、可愛い、幸せ……と思い出す。

（……なんかバタバタしていたけれど）

そのせいで頭の隅においやっていたけれど！

（泊まる、とこだった？）

エバンズの家に？

いや、もちろん真帆が「そういう関係」を覚悟していたとは思えない。思えないけれど
あいつ《エバンズ》は絶対ヤる気だったろ⁉

さあ、と血の気が引いた。

いやほんと、今さらなんだけれど！　めちゃくちゃ危ないところだった！

「……海斗さん？」

「あなたは」

声が震えるのを、意識的に抑える。そのせいで、少し低い声になっている、気もする。

「彼の……エバンズ大佐の家に行こうとしていたのですか？」

「……えっと」

「何をされていたか」

いらいらと言ってしまう。

そんなつもりなかったのに、あの男の顔を思い浮かべて、不安で胸がざわついて。

「男がなんの下心もなく女性を家に泊めるわけがないでしょう」

「あは、そんな」

真帆はケタケタと笑う。

「私なんか、相手にされませんよ」

「される。あなたは自分がどう男を惹《ひ》きつけるか、自覚したほうがいい」

真帆と少し過ごせば、たいていの人は分かる。その、心の裡《うち》にスルリと入り込んでくる柔らかな雰囲気《ふんいき》。

そうしてそれが嫌じゃない。無理やりなにかを聞き出すでもないのに、また話したいと思ってしまう――。

「惹きつけてなんか」

戸惑った顔で言う真帆の唇を塞《ふさ》いだ。

半ば、無理やりに。

＊　＊　＊

こ、え。

出しちゃダメだ。

私は両手で口を押さえて、ベッドの上、私の全身を舐めて噛んで時折キスマークを付けてくる海斗さんにされるがままになっている。

「……っ、ふぅ……ッ」

息が漏れる。

私の反応に、海斗さんはわざとらしいリップ音で乳房の先端のすぐ横にキスマークをつけて——そのまま先端をカリッと噛んだ。

「ゃ……っ、はぁ、っ」

腰が跳ねる。

(な、なにされてるの私——⁉)

海斗さんの指が、すっかりドロドロに蕩《とろ》けてる私のナカに、一本だけ押し挿入《はい》る。

そのまま、ぐちぐち、と動き出す指。

思わず上がる、自分でも恥ずかしいくらいの甘い甘い声。

(こんな声、だめ)

聞かせられない！

詩織さん、まだ起きてるよね⁉

「っ、ふぅ、っ」

ぽろ、と涙が零《こぼ》れた。

我慢しすぎて、頭が蕩けそう。

海斗さんは私の鎖骨を甘噛みして、指は相変わらずナカで蠢《うごめ》いている。

一本、増やされて。

「真帆？」

「っ、ふぁ、はい……っ」

「もうあの男とふたりきりで会うのは……話すのも。止めてください」

あの男？

エバンズさん？

「ふ、ぁ、っ、なんで……？」

「ダメなものはダメ」

む、と子供みたいな顔に海斗さんはなって。

そんな表情は珍しくて、思わず見つめる。

海斗さんは少し恥ずかしかったのか、目を逸らして――え？

耳が赤い。

(思い上がり？)

身体中を快感でめちゃくちゃにされながら、私は思う。

(勘違い？　でも)

胸がきゅうんと甘くて痛い。

ねえ、海斗さん、ねえ。

「……っ、ヤキモチ、ふぁ、っ、妬《や》いて……くれました？」

海斗さんはぐっと言葉に詰まる。

ごまかすように、指がまた、増えて。私はまた手で口を押さえる。

（ヤダ、ヤダ、ヤダ……っ）

来ちゃう、来ちゃうよ、どうしよう。

イくとき声、我慢できないかも……っ！

「……妬いた」

ぐちゅんぐちゅん、ってナカを攪拌《かくはん》するようにしながら、海斗さんは呟く。

頸動脈あたりを、くちっと唇で甘噛みしたあとに。

「めちゃくちゃ妬きました」

嬉しくて脳がフリーズしてしまう。

嫉妬してくれた。ヤキモチ妬いてくれた。

愛人なりに……そりゃあ、本気じゃないにせよ。

ちゃんと……それなりに、だろうけれど、でもちゃんと好きでいてくれてる、んだよね？

「嬉し、ッ、ふぁ、……あッ！」

もう、ダメ。

きゅんってナカから快感で身体がコントロールできなくなる前に、なんとか私は喘《あえ》ぎながら言う。

「き、す。キス、して……っ!?」

噛みつくようなキスが降ってきた。

くぐもった声で叫びながら、私はイく。みっともなく、海斗さんにしがみついて。

くてん、と力が抜けた私から唇を離して、海斗さんはよしよし、と私の頭を撫でてくれる。

「気持ちよかったですか」

「……はい」

「よかった」

海斗さんは笑って。

ちょっと嬉しそうだったから、私はまた胸がきゅんって痛む。好き。

優しくキスされたあと、ずぶりと熱が挿入ってくる。

切ないくらいに、気持ちいい。

「や、あ……ッ!」

「ナカ、すご……熱い、です」

海斗さんが苦しそうに言うから——私は嬉しい。

気持ちよさからくる苦しさだって、鈍感な私にだって分かるくらいに、海斗さんが熱い息を吐いたから。

やがて始まる抽送に、私はただ揺さぶられるだけ。

私のナカは蕩けて脈打って、バカみたいに海斗さんのを咥《くわ》え込んで。

私はあふあふと声を抑えながら、荒い息を繰り返す。

ず、ず、って海斗さんが動く。出入りが分かってしまうくらいに深く、深く打ち付けられて。

「ぁ、ダメ、海斗さ……っ、声、いっぱい出ちゃ、ぁうッ、らめっ、あう……ぅンッ！」

「出したらいいのに」

さっきから思ってたんですけど、と海斗さん。

「ウチは部屋の防音もしっかりしてます」

「そ、れ早くッ、言ってくださぁ……ッ」

「ごめんなさい、声を我慢するあなたが可愛すぎて」

「可愛……っ⁉」

唐突にそんなことを言われて、同時にくちゅんと海斗さんのが抜かれた。

「可愛い顔も見ていたいんですけど」

「……ふぁ、っ」

「あなたは割とこうされるの、好きだから」

くるりと身体をうつ伏せにされ、腰を持たれて、一気に奥まで貫かれた。

「や、ぁぁぁあンッ！」

「……っ、あー、声、可愛い」

ぐちゅんぐちゅん、抽送を緩めることなく海斗さんはまた「可愛い」って言う！

私は多分、耳まで真っ赤。

「ほんとうに、……あなたは」

「……っ、は、ぁッ」

「なんであなたなんだろうなぁ」

またもや禅問答。

フワフワしてる頭に、身体の芯から快楽が押し寄せて。

（蕩けて、死んじゃう……）

枕をぎゅうっと握って、私は思う。

多分これ、死んじゃう。

こんなに気持ちいいの、だめ。

やめて、動かないで、って言いたいのに、私の口からは淫らな呼吸と声しか零れない。

「ゃ、ぁ、……あッ……イ、っちゃ……うっ、来ちゃうッ、海斗さん、海斗さ……んッ！」

されるがままに、揺さぶられて。

与えられる快感の連続に、ナカが脈打つ。ドクンドクン、って狂おしく締め付けて蕩けて達する。

「ふぁ、ぁ……っ、ぁ」

何も考えられないくらくらした脳みそ。そこにばちゅんばちゅんと、構わず海斗さんは打ち付ける。

「む、り、まってぇ、ッ、イってるからぁ……ッ」

淫《みだ》らに私は首を振る。

海斗さんは待ってくれなくて。

ナカで、きゅうと海斗さんのが質量を増した。

……おっきく、なってるから……海斗さんも、イくの、かな？

抽送が激しくなる。

身体ごと抱きしめられて、その熱でふたり、溶け合ってしまいそう。

『俺にはあなたしかいないのに』

（……あなたしかいない、って）

さっき海斗さんはそう言ってくれた。

今は私だけってこと？

私だけが——海斗さんにこうやって、触れられる。

——それが、とても嬉しくて。

強い快楽で、私は——海斗さんが果てるのを待てずに、ふわりと意識を手放したのでした。

□エバンズ視点□

日本人の男がバカだなぁと思うのは、まず第一に言葉が足りないこと。

「相手が自分の気持ちを分かっているはずだ、って思い込むのは相手に失礼ではないかなぁと」

大使館に勤める日本人職員にそう言うと、少し驚いた顔をした。

手元には紅茶――憧憬《あこがれ》のアジア、ラプサンスーチョン。

「え、そうですか?」

「勝手に想像して勝手に行動して、すごく身勝手で失礼だ」

相手の感情を、自分勝手に想像して。

自分の都合のよい相手像を作って――多かれ少なかれ、誰もがそうかもしれないけれど。

ひと口、そのスモーキーな香りを口に含んだ。

「まぁ、そういう捉え方もありますかねえ」

日本人らしく、その中年の男性職員は曖昧《あいまい》に笑った。

日本人にとったアンケート「日本人は曖昧か」の答えが「どちらとも思わない」が過半数を占めた、とかいう与太話《よたばなし》を思い返して笑った。

彼は不思議そうな顔をする。

「きちんとお互いに気持ちを伝えることが必要だと思います」

「ええと、つまり？」

「アナタは今日結婚記念日なので帰宅してください、ってことですよ」

彼は少し驚いた顔をした。

「あれ、今日が記念日だなんて言いました？」

「ええ。初めてお会いしたときに」

微笑む。

「メールアドレスの数字、誕生日ですかと聞いたら結婚記念日だと」

「覚えていらっしゃったのですか。まぁ、プレゼントもなにもないのですが」

「愛してるのひと言くらいは」

「いやぁ」

今さらですよ、と彼は笑って帰宅して行った。

（不思議だなぁ）

好きなのに好きだと言わない。

愛してるのに愛してると言わない。

「謎だなぁ」

でもおかげで、自分にとってはチャンスらしいと気がついている。

（園部サンは、多分言わないんだろうなぁ）

どうやらオレが気になっている女性は、自分が「本命ではない」と思い込んでいるみたいだった。

口説き落とすチャンスだ。

「しかし惜しかったなぁ」

もうちょっとだったのに。

マホのナベ、食べたかった。

もっと話してみたかった——彼女といると、すごく落ち着く。

だから。

別に、会えるなんて思っていなかったけれど——名刺を取り出して眺める。

彼女の会社はそう遠いわけじゃない。

（子供の頃の、初恋みたいだ）

会えるかもなんて考えて——心が躍る。

（いくつになったんだ、オレは）

ふ、と笑う。

恋をすると何歳でもバカになる。

そう足を差し向けた彼女のオフィスの前でばったり、本当にばったりと帰宅しようとしているマホと出会う。

「わぁエバンズさん」

「……こんばんは」

ほ、と息を吐きながら神に感謝する。

あのパーティーでの紺のドレス、着飾っていた彼女も最高によかったけれど、こういう……真面目《まじめ》な姿もとってもよい。とてもとてもよい。

思わずニマニマしているオレに、マホは困った顔で首を傾げた。

「どうしました？」

「私、その。エバンズさんとふたりで会話しちゃいけないんです……社長命令で」

「社長命令……」

思わず繰り返す——嫉妬？　ダサいなぁ、あの若造！

「個人の自由を奪う命令なんて無効では？」

「あは、あの、でも」

マホは恥ずかしげに髪をいじる——束縛されて嬉しい？

む、と眉をひそめて自分に笑う。

自分だって嫉妬している。園部サン以上に、そんな資格はないのに。

「実は」

オレは「とても困った顔」をしてみせる。

「少しお願いがあって」

「お願い？」

「この間話したとき――オススメの紅茶屋があると」

「あ、はい」

「教えていただけませんか？　どうしても探している茶葉があって」

「ええとですねー」

「できれば」

目を細める。

「一緒に」

「……あ、えっと。その」

人がいいなぁ、とオレは思う。

突き放せばいいのに、困ってると言われて突き放せない。そこにつけ込むオレもオレだけど――と、目の前の自動ドアから誰かが飛び出てくる。

肩で息をしているその人物に、オレは肩をすくめてみせた。

（あーあー、若造）

青くて嫌になるね。

□海斗視点□

学生時代から視力は一・五。

けれどビルの高層階から、地上にいる豆粒どころかゴマ粒ほどの大きさの彼女たちを発見できたのは、本当に奇跡だった。

というか、はっきりとは見えてなかった。なかったけれど第六感が「ヤバイ！」と叫んでいたし、実際ヤバいところだった。

全く、油断も隙もない……！

「おや、お急ぎで？　園部サン」

「……っ、ええ、まぁ、緊急のね」

はあはあ言いながらエバンズの前に躍り出る俺は本気でクソダサイと思う。

真帆はぽかんとして、そのあと鞄から手帳を取り出した。

「すみません社長、このあとご予定が？」

確認してくるビジネスモードな真帆に首を振る。

「いいえ大丈夫です野暮用です」

「やぼ？」

「……いえ緊急で」

「同行いたしましょうか？　京田辺《きょうたなべ》さんを」

運転手の京田辺さんを呼ぼうとする真帆を止めて、俺は背筋を伸ばした。

「絶対にやらん」

宣言する。

その青い目に向けて。

「……ガキが」

「ガキだろうがpunk《若造》だろうが渡さないモノは渡さない」

真帆はぽかんとして、少し困り顔。

「お紅茶の話ですか……？」

そう尋ねられるけど、どう勘違いしてるんだ。まぁいいや、と彼女の手を握る。

「いいですか、オッサン」

「……」

エバンズは目を細める。

「ガキのほうがこういうときは強いんですよ」

特に欲しくて欲しくてやっと手に入れたものに関してはね、と真帆の手を引いて、歩道を歩き出す。

晩秋の、銀杏も散り終わったような道。オレンジ色の街灯に照らされたその道を、俺はあてもなく歩く。

とにかくエバンズから離れたい……って、会社に戻ればよかったのか。

（頭が働いてないな……）

真帆は一生懸命についてくる。

「あの」

「はい」

「野暮用、なくなりました」

「へ？」

俺は振り向いて、苦しい言い訳。

「明日でした。勘違いしてました」

「あらー」

真帆はほんわり笑う。

「そうでしたか」

「そうです」

「では会社に」

「あの」

もうさすがにいない、とは思うけれど。

「や、夜食でもどうですか」

「お夜食……？」

俺はきょろ、とあたりを見回す。

コンビニしかない。

「肉まんとか。食べたくなって」

「ああ」

ふふ、と真帆は笑う。

白い息がふわりと消える。

「いいですね、寒いときは肉まんですよ」

ふたりでコンビニに入って、肉まんを注文して——これまたダサイことに、俺はスマホも財布も持ってなかった。

真帆に奢《おご》ってもらう。

「これくらいは出させてくださいよ」

ケタケタと彼女は笑った。

ついでに、あったかいペットボトルの紅茶も買ってもらって——情けない。

コンビニ近くの歩道のベンチに、並んで座った。

「おいし！」

「……うまいな」

久々に食べると、本当に美味しい。

「ていうか」

真帆が笑う。

「海斗さん、案外庶民的ですよね？　こういうのも平気だし」

「……？　ああ」

真帆は勘違いしているんだろう。俺が経営者の息子として育ってきた、と。

「大学のときまでは、いわゆる普通の暮らしをしてました」

なんとなく、話す。

冷え切った夜空には金色の月がぽつんと浮かんでいた。煌々《こうこう》、と――その月が明るすぎて、星は見えない。

「母と、妹と、俺と。三人で、それなりに幸せに」

余裕があったわけではなかったけれど、特にひどく不自由した記憶もない。

「母が、死んで」

はっと真帆が息を呑む。俺は申し訳ない気持ちになりながら続けた。自分語りってなんか……なんか、アレだけど。

真帆には知っていてほしい。そう思ったから。

「父親と再会して……って生まれたときに会っていたかは知らないのですが」

「……はい」

「結局、後継者に指名されて――それで今に至る、というわけです」

真帆が小さく、頷いた。

「……肉まん、よく食べたんですよ」

俺はふと思い出してそう言った。

「母と、妹と、俺で。夜、俺の塾の帰りなんかに、三人並んで」

母はいつも普通の肉まんだった。俺は少し高いやつで、妹はデザート系。

『おいしいね』

俺たちを見て笑ったあの人は、もういない。

詮無いことだけれど――真帆を紹介したかったなぁ、とぼんやり思う。

(ふるさとがない)

時々、そんな感覚に襲われることがある。

帰るべき場所は、俺にも詩織にも――もうないんだ。

真帆が俺の頬に触れた。

「どうしました?」

「……泣いて、いらっしゃるから」

「？」

言われて頬に手をあてた。濡れたそれにびっくりして、慌てて拭《ぬぐ》う。

「す、すみません」

「いえ」

真帆がハンカチで拭ってくれる。

「その。なんとなく感傷的になって」

慌てて言い訳のように。

「……たまに、ですが。故郷《ふるさと》がないような、そんな気分になるんです」

「ふるさと？」

「ええ」

母が死んで。

一緒に暮らしていたあのアパートは、いまもある。もう誰か別の人が住んでいるだろうけれど――。

暮らした街はいつだって帰れる距離。ここから電車で数駅だ。

なのに、喪失感だけがある。

喪われたふるさと。

TEA

「アカヒレは」

真帆が、ふと口を開いた。

「アカヒレ?」

「あの、海斗さんに大事にしてもらってるアカヒレたちですが」

真帆は静かに続けた。

「ホームセンターでもどこでも、簡単に手に入る……十匹で千円もしない、あの魚です」

「ええ」

「あの子たちにも、もう故郷はないんですよ」

水紋さえない水面のような声。

「原産地はもう、埋め立てなんかで失われていて。世界中で飼われている魚なのに、故郷だけはもう、どこにもないんです」

「どこにも……」

帰るべき場所のない、哀れな魚。

「でも、私。海斗さんに飼われてる……って私の連れてきた魚ですけど。あの子たち、幸せなんじゃないかなって」

「幸せ?」

「作られた幸せはダメでしょうか、新しい場所で幸せにはなれませんか?」

真帆は静かに笑う。

「海斗さんにそれが見つかるまで――私、お手伝いできたらなって思うのですけど」

「……俺の、帰る場所」

「……あの、ちゃんとそうなれるとは」

思ってないんですけど、なんてバカなことを言うから抱きしめた。

（もう、もうとっくに）

やっと気がつく、こんな弱音を吐いて泣き顔まで見せていたのは――真帆が、もうとっくの昔に俺の帰る場所になっていたからだ、ってことに。

怖い子が来て正直怯えています

女子ロッカーで、顔だけは知ってる子が嬉《うれ》しそうに話していた。

「やったよ、部署移動！　好きな人がいるところなんだ」

キャピキャピと甘くて高い声。

二十代前半の、吸い付くような、もちもちのお肌。

「うるさ」

久々に会った同期の子が呟《つぶや》く。

「あのコ、総務のタカタマでしょ？　高玉花音《たかたまかのん》」

ふん、と鼻を鳴らす。

「玉の輿狙《こし》ってるとか聞くけど」

「た、玉の輿？」

今もそんなのあるんだ。

「高玉の輿って言われてる」

「へ、へえ……？」

かわいそうに、変なあだ名付けられちゃって……と目をやると、なぜかばっちり目があって、怖くてすぐに逸《そ》らした。

（に、睨《にら》まれてる？）

気のせいだよね？

目線を戻すけど、高玉さんの視線はもう別のところを向いていた。

そうして……翌日。

「高玉花音ですー。よろしくお願いいたしますー」

にっこにこの高玉さんが秘書係にいたから、全身から力が抜けそうになった。

だって。

だって。

（高玉の輿！）

好きな人と同じ部署⁉

そ、そんなの。

ちらりと海斗《かいと》さんを見る。海斗さんは「よろしく」とだけ告げて目線を書類に戻した。高玉さんはにこにこしている。

「新規のプロジェクトも増えて、やぁあっと秘書増員の稟議が通りました！」

亀岡《かめおか》さんは嬉しそう。
高玉さんも嬉しそう。
海斗さんは興味なさそう。
私はひとりで、慌ててる。
（ま、ま、ま、負けだー！）
高玉さん、めっちゃくちゃ可愛いんだ。
まだピチピチ（死語）ってのもあるけれど！
華奢《きゃしゃ》で小柄、なのに胸はふんわり大きい。ぽってり唇に、ぱっちり睫毛《まつげ》。
（愛人にするなら断然こっちだよー）
どうしよう、なんか……少しずつ、海斗さんと打ち解けてきてる気がするのに。
取られちゃったら、やだ……とか思って気がつく。
私にはそんなこと思う権利ないんだ。
愛人、なんだし。
ちょっとへコみつつ、高玉さんを連れて社長室の資料庫へ。
「……でね、こんなふうにファイリングして」
「……はーい」
やる気のない声で、高玉さんは目を細めて立っている。

「……あの？」

「あ。それ終わりましたぁ？　持っていきまーすっ」

高玉さんは私の手からファイルを奪うと、さっと社長室のほうへ。

「ファイリング、終わりましたぁっ」

朗《ほが》らかな明るい声で報告しているのが聞こえて……私は目を何度か瞬《また》いた。

（も、持っていってくれた、だけだよね？）

親切、だったんだよね？

そう思いつつ、次のファイリング作業へ。

さっき教えたのと同じ要領で、ファイリングして必要と思われるところには付箋《ふせん》を貼ってメモを書いて……。

気がつけば高玉さんも戻ってきている。

「……あの？」

「あ、どーぞー。作業続けてください」

高玉さんは爪をしきりに気にしていた。綺麗《きれい》な爪、長くはないけれどきっちりネイルされている。

「えっと、その。そっちのファイル、もう挟むだけになってるんで」

「あー、すみませぇん。今日爪、痛いんです。指先も乾燥しててー。紙系の作業はキツいでーす」

「……あ、そなの？　よかったら、これ使う？」

ハンドクリームを取り出して、渡しながら言う。高玉さんはハンドクリームを塗ったけれど、作業をするつもりはないみたいだった。

（無理やりさせたら、パワハラなのかな？）

爪が痛い、とも言っていたし。

うん、と切り替えてファイルを作る、作る、作る。

作った矢先から、高玉さんは社長室へ持っていって、報告してるみたいだ。

「高玉。塚口《つかぐち》はなにやってるんだ？」

亀岡さんの声。

「え、いまですか？　分かんないですぅ」

高玉さんがそう、答えた。

……ファイリングしてる、って言ってくれたらいいのに。

（ファイリング自分でやってます、みたいに聞こえるのはヒガミかなぁ）

高玉さんはきっと親切なのに……。

でも、ちょっと……切なくなった。

そのあと来客の予定があって、私は高玉さんに説明しながら紅茶を淹れる。

「でね、茶葉によって蒸らし時間が違うの」

「……」

「お湯は水道水で大丈夫なんだ。えっとね、これには理由があって」

「……」

冷めた目で見られた。

……あ、アレか。私、オタク特有の「自分の好きなものに対してめっちゃ早口になるやつ」をしでかしてしまったか！

「ご、ごめんね？」

「？」

とりあえず淹れ終わって、運ぼうとしたとき——お盆を、高玉さんが持った。

「お出ししてくるんで、塚口さん片付けお願いしまーす」

高玉さんはにっこにこ。

「あたし、爪、痛いんで。あとネイルしてるんで洗い物とかちょっと」

「……はぁ」

ぽかん、と見送る。

ややあって、「わー嬉しい、お口に合いました!?」って高玉さんの大きな声が聞こえて。

「……もやもやかもだ？」

私は小さく、呟いた。

□海斗視点□

新しく来た秘書の高玉さんが「わー嬉しい、お口に合いました？」なんて言うから不思議に思って聞き返す。

「これを淹れたのは塚口さんだろう？」

高玉さんが一瞬すごい顔をした。

「……!?」

すぐに、にこにこ顔に戻る。

……なんだろう、なんだか見てはいけないものを見てしまった気分だ。

「ああ、やっぱり塚口さん。美味しいと思った」

今日来ている取引先の専務は、真帆の紅茶のファンだ。

ものすごく好みドンピシャらしい。勝手に同調意識を抱いている。俺もファンだから。

専務が帰って、会議にいくつか出て――すっかり日も暮れた頃、ふと喉が乾いて顔を上げた。

「紅茶お淹れしましょうか？」

すぐさま真帆が微笑む。間髪入れずに頷《うなず》いて「では休憩にしましょう」と口を開いた瞬間
――高玉さんが「あたしが！」と強い声を出す。

「あたしが淹れます――紅茶くらい」

鼻息が荒い。真帆は目を瞠《みは》って驚き顔。ほんの少しショックも見えた。

（「紅茶くらい」と言われたからな）

好きなものを馬鹿にされていい気分ではないだろう――と思うのに、真帆は微笑んで頷いた。

高玉さんが給湯室のほうへ向かったのを見て、真帆にそっと声をかける。

「いいのですか？」

「なにがです？」

「紅茶……その」

真帆が淹れてくれたほうがよかった、と言いかけて飲み込んだ。

「塚口さんは紅茶がお好きなので」

「……あの、なんていうか。仕事をする気になってくれたので……邪魔はしちゃいけないって……思って」

真帆はため息とともに吐《は》き出す。

「……なるほど」

言葉に、今日一日、高玉さんが仕事をなにもしてないのだな、と分かる疲労が滲《にじ》み出ている。


「亀岡さん」

「なんですか？」

ちょうど秘書室からこちらに戻ってきた亀岡さんに、声をかけた。

「彼女はどういった経緯《いきさつ》で秘書《ここ》に？」

今回に関しては前々から稟議が出ていたことだし、すぐに決裁したけれど……こうなればもっと人となりを精査すればよかった。

真帆に負担がかかりすぎるのじゃないか？

高玉さんは……初日になんだけれど、異動も視野に入れなくては。

「いやぁ、あの……実は会長の肝煎りで」

「……親父の？」

そんなことは決裁書類には書いてなかった、と思わず胡乱《うろん》な目つきで亀岡さんを見る。亀岡さんは恐縮しつつ頭を下げた。

「お知り合いのお嬢さんらしいんです。どこの部署でもうまくいってなくて、お前が面倒見ろと」

「塚口さんが面倒を見てましたけど？」

いらついた口調でとがめる。

亀岡さんは「いや、ふたりならうまくいくかなぁって」と彼にしては珍しく言いわけめいた口調で呟いたあと、しおしおと「すみませんでした、塚口さん……」と頭を下げる。

「私、あの子苦手で……」

「あ、いえいえ」

真帆は困り顔で手を振る。

「とりあえず明日からは私が仕事を教えますので」

「……お願いしてもいいでしょうか。正直私、あまり教えるのが上手じゃないのかなぁって」

肩を落とす真帆に、亀岡さんは首を振る。

「どこの部署でもあんならしいので……」

「そうでしたか……」

真帆は同情するような声色で相槌《あいづち》を打つ。

「いや亀岡さん、もう異動させましょう、ひとりで仕事する部署に」

「ないことはないですが……社長、せめて春の定期人事まで待ってください」

悲壮な顔つきで言われる。

「会長になんと言われるか」

「……そうですか」

ため息をつきつつ、やはり亀岡さんはあくまで「親父の部下」なのだなぁと実感する。

「……まぁ、亀岡さんが面倒見るなら」

「うう、分かりました」

真帆が亀岡さんに同情する視線を向けたとき――。

「お待たせしましたっ」

ふん、と鼻息荒く高玉さんが戻ってくる。

手にしたトレイにはティーカップが四つ。

「どおぞっ！」

来客セットのローテーブルに、がしゃんと高玉さんはトレイを置いた。真帆が小さく悲鳴を飲み込む。

「へえ高玉さんが淹れた……渋っ⁉」

亀岡さんがひと口飲んで、そう呟いた。高玉さんは「そんなはず」と口を尖《とが》らせる。

「ちゃんと手順どおりに……塚口さんの」

「あの」

真帆がひと口飲んで、首を傾げた。

「もしかして、なんですけど……高玉さん、ミネラルウォーター使った？　ペットボトルの、あの外国の」

「ええ」

　高玉さんは胸を張る。

「当たり前です。ヒトにお出しする紅茶を、水道水でなんて……あり得ないと思って見ていたんですけど、先輩だから言えなかったんですぅ」

　後半は俺たちに向かって、シナを作るように言った。

　真帆は困ったように笑って、首を振る。

「違うんだ高玉さん……紅茶は水道水がベストなの」

「……は？」

　高玉さんが眉を上げ、亀岡さんも不思議そうな視線を真帆に向けた。

「飲んでもらったほうが分かりやすいから、淹れてくるね」

　給湯室に向かう真帆に、なにを思ったか高玉さんがついて行く。

　……ふたりきりにさせたくなくて、ついて行く。俺が行くからか、亀岡さんもついてきた。

　というかあなたが面倒見ろ。

「ええと」

　真帆はもう一度手順を説明しながら、さっき言っていたとおり、水道水をヤカンに入れて沸騰させる。高玉さんは目を細め、怪訝《けげん》そうにそれを見ていた。

手慣れた動作で、四杯の紅茶を淹れる真帆。注がれた紅茶を見て、高玉さんが唇を歪《ゆが》めた。

「なんですかこれ、色も薄くて。味がなさそう」

「あは」

やっぱり困ったように真帆が笑う。

俺たちは給湯室でそのまま、その紅茶を飲んで――。

「うまい」

思わず呟く。亀岡さんも頷いた。

真帆は嬉しそう。……単に俺たちが「うまい」と言ったのが嬉しかったと分かる笑顔。

だけれど、高玉さんは真っ赤になって唇を噛んでいる。

ちらりと亀岡さんを見ると、ゴメンナサイって顔をしていた。

「あの、軟水か硬水か、なんです……」

気を遣っている様子で、真帆は言う。

「硬水で淹れると、紅茶はどうしても渋くなるんです。日本のお水は基本的に軟水で、紅茶向きなんです」

真帆は高玉さんが開けたペットボトルを手にする。

「このお水は硬水なので……どうしても渋くなって」

「じゃあ軟水のミネラルウォーターを買うべきです！」

高玉さんは言い募る。

「やっぱり、お客様に水道水で淹れたお茶だなんてっ」

「水道水じゃないといけないんです……ミネラルウォーターでは、酸素が足りなくて」

「……酸素？」

俺の言葉に、真帆は頷く。

「酸素がないと、ティーポットの中で茶葉がジャンピング……動かないんです。美味しさが出ないので」

「……」

「でも、高玉さんが淹れてくれた紅茶。ミルクティーにしたら美味しいと思います」

にっこりと真帆が笑う。

「イギリスは硬水。硬水で美味しく紅茶を飲むために、ミルクティーは生まれました」

冷蔵庫から、真帆は牛乳を取り出す。

「お茶請けにいただいたお菓子でもいかがですか、ミルクティーに合うと思うんです。休憩にしましょう」

真帆の提案に、俺と亀岡さんは頷くけれど――高玉さんの表情は、俯《うつむ》いていて見えなかった。

□高玉視点□

おじいちゃまの知り合いの会社に入って、なんとなく「オシゴト」というものをしながら思う――これ、花音の仕事？

ていうか、仕事って――しなきゃ、だめ？

「花音、あんまり働きたくないな」

おじいちゃまにそう言って、しばらくして――秘書室に異動になって、あたしはピンときた。

（あ、これきっと園部《そのべ》社長と結婚するためのお見合いみたいな感じなんだ）

なるほどなるほど。

じゃあ社長――海斗さんにはよいところ見せなきゃね？

（そんなことしなくたって、きっと結婚できるんだろうけれど）

秘書はすでにひとり女性がいて、どんなオンナかと思いきや大したことなくて安心した。

なのに、ウルサイ。

あと恥かかされて――ムカつく。

あたしはスマホをスクロールする。絶対に弱み摑んでやる……って。

一番分かりやすいのがＳＮＳだ。

「なんかないかなぁ～」

お酒とかでしでかしたりとか、してないかなぁ。反社会的行為？　とかー。

深夜までかかって、あたしはとってもステキなものを見つけた。

あのオンナのリプから、友達っぽいヒトのアカウントをひたすらチェックして。

『懐かしいのが出てきた！』

そんな投稿についてた写真。あのオンナも「懐かしい！」ってコメントしてる。

「……うわぁ。こんなの、社長が知ったらクビだわきっと！」

嬉しくて、スマホを眺《なが》めながらにこにこしてしまう。

あんなオンナ、早くどっかいけばいいーんだ！

□亀岡視点□

会長がめちゃくちゃ困った様子で連絡してきた。なんでも、知人のお嬢さんで何年か前に、まぁ有り体に言えばコネ入社させた女性社員が、どーにもこーにも働かないんだ、と言う。

「ほとんどそっちに顔を出さないオレが言うのも、なんなんだけれど」

いま新規事業で東南アジアに常駐している状態の、会長。

会長は割と誤解されやすい。なんなら自分の息子にもいろいろ誤解されてると思う。

（情に厚い、ただのオジサンなんだけどなぁ……）

ただ顔が悪い。ものすごく悪人ヅラをしてて、そのせいで裏がありそうな感じになってしまう。カワイソ。

（息子にも遺伝してるよなー……）

目つき以外はあまり似ていないけれど、表情とか感情を積極的に出さないせいか、どうしても冷たい印象になる。

その上で切るときはバッサリ行くから、余計に酷薄に見えたり。カワイソ。

（ま、単なる土建屋のおっちゃんなんだよな、会長は）

頼まれたら断れない。……コネ入社させちゃうようなとこも含めて。

断らなかったら、いつのまにか小さな建設系の会社がここまでデカくなっていた、と会長は頭をぽりぽりして言っていた。悪そうな顔で。

「建設機械を融通してくれっていうのから始まったんだよな」

やってるうちに、商売になった。

ない商品は、じゃあ作ろうってなった。

困ってるところに機械を持ってったら、海外進出になった。

僕が拾ってもらったのも、その関係だ。父親が元々、会長と知り合いだった。

耳障りのいいスローガンで、公共工事が一気になくなったとき。当然のように、実家の建設会社が傾いた。世間は歓迎していた。無駄な税金が使われずに済んだ――。ほんとうに？

仕事もなくなって、いよいよ首をくくろう、ってときに「じゃあウチと組もう」って子会社化してくれた。

その上で僕は頼み込んで、会長の秘書になった。なんだかヒトがいいばかりで、騙《だま》されないか心配になって。

「息子の秘書になってほしい」

数年勤めたあとそう言われて、びっくりして一瞬言葉を失った。

「……ご結婚されていたのですか？」

「いや、してはないんだけれど」

モニョモニョと会長は言う。

若い頃にした病気のせいで、子供を作ることは無理だと言われていた会長。

ある日、恋人が妊娠する。

当然、諍《いさか》いが起きて――しかし、生まれてからの鑑定の結果。

「これがなぁ、オレの子だったんだよ」

「はぁ」

「謝って謝って謝り倒したけど許してもらえなくて」

子供を連れて、彼女は出て行ったらしい。

方々探したが見つからなかった、と会長は言う。

「後で調べたら、子供作れないことはなかったんだ。医者が大げさだったんだなぁ」

それ以来、結婚もせずかつての恋人が帰ってくるのを待っていたらしい。

「えっ、アホなんですか」

「いやぁ、うん」

悪い顔で会長は困ったように笑った。

「アホなんだよ……再会したとき、彼女は死んでた」

訃報《ふほう》を知ったのは、たまたま。

大きな事故に巻き込まれて——顔写真付きで、テレビで報道されていて。

「名字が違ったから、ああ結婚していたんだなぁとは思った」

思ったけれど、死んだと知ってどうしようも抑えられなくて。

葬式にかけ込んで、そこで息子に再会した。

「なんと言えばいいか分からんから。とりあえずウチで働くか、と」

「はぁ」

「まだ学生のようだから、卒業したらオレの跡を継いでくれ、と言ってな」

「はい」

「妹がおったから。結婚相手との子だろう。父親は死別したみたいだが——いい人だったようだ」

　葬式に乗り込むなんて悪いことをした、と会長は少し落ち込んで言う。

「頭が混乱していてなァ。うまく説明できなんだけど、息子は分かったと言ってくれてな」

「はぁ」

「とにかく妹の面倒も見るから、と約束して」

「なるほど」

「あと三年もすれば学校を出るから。そのときは頼むな、亀岡」

　会長は悪い悪い顔で、笑った。

　そんな会長の息子である社長を支えて数年。

　会長は今日もお願いを断り切れずに。

「地方で小さい建設会社をやってる知人の孫娘なんだがなぁ。地元で就職しても続かなくて、ウチに来てもらったんだけども」

　ため息。

　知人の娘ということで、苦情が直接、会長に行っていたらしい。

「ちゃんと働くようにしてやってもらえんか。あのままじゃ嫁にも出せんと嘆《なげ》かれてなぁ」

　そんなわけでこっちに回ってきた高玉《厄介ゴト》。けれど、なんというか、思った以上にひどかった。

　しかしながら……僕には会長に返しきれないほどの恩があるからして。

（塚口さんには悪いことしたなぁ）

ホンワカしてる彼女と組んだら、高玉も少しは働くかなと思ったけれど全然そんなことなかった……。

「ていうか、実家で躾《しつ》けておけよな！」

ものすごくムカつくけれど、仕方ない。

前途多難な気はするけど、こうなればやるしかない、と腹をくくった。

＊　＊　＊

「社長、お話があるのですがぁ」

高玉さんがやってきて一週間ほど。

もうすぐクリスマス、なそんな頃。

亀岡さんと秘書室で書類仕事をしていたはずの高玉さんが、すーごいにこにこと社長室にやって来た。

ちょうど海斗さんに紅茶を出したところで――。

「なんですか」

淡々、と海斗さん。高玉さんは笑った。

「あたし……塚口さんの秘密、知っちゃってぇ」

ちら、と私のほうを見る高玉さん。

ひ、秘密⁉

(なんだろう⁉)

――って、私の秘密なんか、海斗さんの愛人してるくらいだよ！

(どこからバレたの⁉)

さあ、と血の気が引くけど――そりゃパーティーで大使に会ったりしてるんだから、どこからバレててもおかしくない！

(けど、それで海斗さんの立場が悪くなったりとか)

そ、それは困る！

私が慌てて口を開こうとしたのを制するように、ばん、と高玉さんは海斗さんの机の上にプリントアウトした写真を置いた。

「この人は、昔メイドカフェでメイドをしていたんですよ！　破廉恥《はれんち》な！」

「は、はれんち」

メイドって破廉恥なの⁉

写真を見る――私、若っ！

(わー、ニーハイだニーハイだ！)

しかも白ニーハイだ！　細かったからイケたなぁもう無理……じゃない！
いやニーハイが履けるとか履けないとかじゃなくて！
(じゃないじゃない！)
そんな呑気《のんき》な感想抱いてる場合じゃない！
またもや血の気が引く。
(バレた！)
さすがに、思い出すかも。
私が海斗さんと、メイドカフェで出会っていたこと――！
真っ青な私を見て、高玉さんは満足そう。
海斗さんは、なんだか……とっても普通。
「懐かしい」
写真を手に取って、海斗さん。
目を細めて、ぼそり。
「……また着てほしい」
「!?」
着てほしい!?　いや無理です絶対無理……じゃない！
私は大混乱――「懐かしい」!?

そ、それって。それって。

（しししししししししししし⁉　知ってたの⁉）

石のように固まっている私を尻目に、海斗さんは「破廉恥か」と首を傾げた。

「ではそこに通う客なんか、もっと破廉恥だな」

「……え？」

ぽかん、と高玉さん。

「通っていましたよ、俺は。塚口さんが働くカフェに——で？」

手を組んで、海斗さんは笑った。

初めて見る種類の笑顔で、私は目を瞠る。

「これを俺に報告して、どうするつもりでした？　なにか問題が？」

「……あ、だって、こんなイヤらしい仕事を」

「服装以外は至って普通のカフェでしたよ？　で、その仕事をしていたことを報告して？」

「……あの」

「塚口さんをどうするつもりだったんですか、と聞いているのですが？」

「えっと、えーと。何も聞いてないのですか、社長？　あたしですよ？　お義父《とう》様から、なにか」

「？　知ってますが、何か」

「え？」

高玉さんはぽかん、としたあと。

「……ああ、そういうこと」

そう小さく呟いて。

それから、納得できない――って顔をして唇を噛んだ。

それから私をひと睨み。

（ひ、ひえええ⁉）

踵《きびす》を返して大きくひと言。

「報告しておこうと思っただけ、ですっ！　失礼しますっ！」

つかつか、と高玉さんは出て行ってしまう。

残されたのは、ただ石のようになってる私と、写真を眺めている海斗さん。

「？　どうしました」

不思議そうに、海斗さんは言う。

「いいいいいいえ」

ご、ご存じだったんですねー⁉

いつからお気づきでー⁉

頬が熱い。なんか恥ずかしいよう！

「……あの。塚口さん」

「はっ、はい⁉」

「他に、何もされていませんね？」

「？」

「あの人に……」

淡々とした口調だけれど、心配してる雰囲気《ふんいき》があって。

「だ」

私は慌てて手を振る。

「だだだ大丈夫ですっ、なにも」

亀岡さんが目を光らせてくれるようになってから、仕事、一応はやってくれてるみたいだし。

（フォローで亀岡さん、大変みたいだけれど）

と、ふと気がつく。

『お義父様から、何か』

あれって、会長さんから海斗さんに話があった……ってこと？

ふ、と心臓が冷える。

（会長さんの……紹介だって）

もしかして。

もしかして、もしかして⁉

(高玉さん……婚約者候補、とかだったり⁉)

それを……海斗さんも知ってる？

「あの人の行動には、俺が責任をとりますから――なにかあれば、本当に言ってください」

「は……い」

私はかろうじてそう返事をした。

(高玉さんのことは、海斗さんに責任があるってこと？)

頭がぐるぐる。

ということは……やっぱり高玉さんは婚約者⁉

婚約者だから、責任は海斗さんが取る、っていう……。

ちょっと泣きそうになっている私の手を、海斗さんは握る。

「真帆？」

下の名前で呼ばれて、私は顔を上げた。名前で呼ばれるときは、プライベートモード。

「大丈夫ですか？　本当に」

「……っ、大丈夫です」

頬を撫でて、海斗さんは視線を少し彷徨《さまよ》わせた。感情表現はめちゃくちゃ苦手な人だと思うけれど……心配してくれてる。
（あ、嬉しい）
じわりと浮かんでしまった喜びで、ぎゅうっと彼に抱きついた。
「苦労かけて、すみません。……もう少し」
もう少し、なんだろう。
なんだか聞きたくなくて、そうっと唇を重ねた。

船上のメリーメリークリスマス（イヴ）

墨を流したような暗闇の海に、船の明かりと遠い港の明かりが揺れた。

流れる音楽はオーケストラの生演奏、定番のクリスマスソングが洋の東西を問わず。

時々知らない曲が入るのは、きっとラヴォ共和国のクリスマスソング、なんだろう。

「華やかですね～！」

キャピキャピと喜んでいるのは、高玉《たかたま》さん。ピンクのイブニングドレスで、ヒールも履きこなして……うう、若い。

その横には「騒がない。ほんとに騒がない。なぁ聞いてる？」って繰り返してる、メガネの奥の瞳が瀕死状態なタキシード姿の亀岡《かめおか》さん。

今日は、クリスマスイヴ。

私たちは、この間海斗《かいと》さんとふたり訪れた、ラヴォ共和国大使館主催のクリスマスパーティーに参加していた。

（クルーズ船なんて、初めて乗る……）

あたりを見回して、ほう、とため息。低く響く船のエンジン音が、どこか遠くに聞こえていた。

「よかったんでしょうか、私たちまで？」

「真帆《まほ》は元々招待されていたんですよ？　――第一夫人のシニーナト様から」

同じくタキシードの海斗さんが落ち着いた声で言う。

「ひええ」

思わず変な声――。

シニーナト様は、ラヴォ共和国の大使閣下の第一夫人。

先だってのパーティーで贈ったお茶がお気に召したらしくて、時折お声がけいただいて、お茶会なんかにも参加させてもらったりしている。

緊張で変な声が出てる私は、オフショルダーのイブニングドレス姿。

海斗さんからプレゼントされたそれは、ミントグリーンの落ち着いた色合いで、一目見てすっかり気に入ってしまった。ヒールも高いけれど、ドレスと合わせてフルオーダーでプレゼントしてもらったから、とても歩きやすい！

（……あのドレスも、海斗さんからのプレゼントなのかな）

ちらちら、と高玉さんを盗み見している――と、目が合って。

高玉さんは微笑んで、カツカツとヒールの音を響かせて、こちらに歩いてきた。

（ひえ！）

彼女は、ばっ、と海斗さんの腕を取ろうとして——避《よ》けられていた。

「……なんの真似《まね》です？」

「いいえ？　てっきりご紹介いただけるものかなぁって」

心臓がヒヤリとする。

し、紹介……婚約者として？

「紹介？　紹介……？　ああ」

海斗さんは亀岡さんを見る。

「亀岡さん、名刺。ふたりで挨拶《あいさつ》回りお願いします」

「え!?　なんで亀岡さん？　あたし、今日は」

「いーから高玉さん、おいで」

高玉さんがずるずるとパーティー会場の中央方面に連れて行かれる。

「新しい秘書です、と亀岡さんは言えるかな」

海斗さんは少し面白そう。

「秘書見習い代理くらいの紹介でちょうどいい気がするんです、そうじゃなきゃ恥ずかしくて」

「し、辛辣《しんらつ》ですね!?」

「いいんですよ、連れてきたのは亀岡さんだし」

なんか拗《す》ねてるようにも見える。お兄ちゃんを取られた子供みたいな？

「で、でも高玉さん美人ですし」

「……？」

海斗さんは、不思議そうに首を傾《かし》げた。

「え、美人……美人ですよね？」

「まぁ、そう言われれば見た目は……」

「いえ美人ですよ！」

「そ、そんな力説するほどに……？」

怪訝《けげん》そうな海斗さんは、しばらく黙って、私を見つめて――。

「真帆」

小さく、私の名前を呼んだ。

「はい」

「……のほうが、」

「はぁ」

「魅力的、ですよ？」

海斗さんはさっと反対方向を見てしまう。

私は真っ赤。

海斗さんは——どうなんだろう、耳が赤いような気する、けど。

気のせい……かな?

そっとその背中に触れたとき。

「マホ!」

知ってる声がして、振り向いた。

これまたタキシード姿のエバンズさんが、優雅な足取りで近づいてくる。

手にはカクテルグラス。なんというか……ものすごく似合う。

海斗さんが「チッ」って小さく舌打ちをした——どうしたんだろう?

「今日のドレスも美しいね」

「へ!? いえいえいえ、そんなっ」

「こんばんは!」

海斗さんがずい、と私とエバンズさんの間に。

「お元気そうでなにより! です!」

「あっは園部サンもね!」

にっこりと見つめ合うふたり——一体、なに!?

「マホ。今日は靴、大丈夫そうかな」

「あ、は、はい。その節はご心配をおかけしまして……」

　気を使って、声をかけてくれたみたいだった。

　と、そこへ。

「マホー！」

　何人ものお手伝いさんを引き連れたシニーナト夫人がやって来た。豪奢《ごうしゃ》なエメラルドグリーンのドレスが、蜂蜜色の肌によく似合う。

「マホ、来てくれてありがとう。わたくしとドレスの色、似てますネ。とても嬉しい」

「夫人、ご招待いただきましてありがとうございます」

「カタクルシイのはキライ。ね、あちらに紅茶と軽食があるの、そっちでお話ししましょう」

　夫人に腕を取られて、にっこりと微笑まれた。

　海斗さんもさすがに何も言えなくて、苦笑を浮かべる。

「何かあれば呼んでくださいね、真帆」

「は、はい」

　私はエバンズさんと海斗さんを残して、ずるずると引きずられるようにシニーナト夫人のお気に入りさんが集められたゾーンへ連れて行かれる。

（こういうの、サロンっていうんだろうか……）

柔らかなソファ、テーブルに積み上げられたお茶の缶たち。ローテーブルにはティーカップ、顔見知りのご婦人たちが、柔らかに手を振る。

珍しい茶葉にテンションを上げると、夫人が「マホなら分かってくれると思ったのよ！」と喜んでウェイターさんに紅茶を淹れるように指示を出す。

「……美味しい」

ひと口飲んで、その美味しさにウェイターさんにお礼を言うと、彼ははにかみながら「光栄です」と返してくれた。

しばらく紅茶談義に花を咲かせたあと、夫人から解放された私は、ちょっと外の空気を吸おう、とデッキに出た。すでにそこにはひとり先客がいて、私は一度歩みを止める。

男の人が、じっと海を眺《なが》めていた。見覚えのあるその横顔――ああ、さっき紅茶を給仕《サーヴ》してくれた人だ。

ラヴォの人らしい、綺麗《きれい》な顔立ちと蜂蜜色の肌。

私の視線に気がついて、彼がぱっと顔を上げた。

「あ、失礼しました……どうされました塚口《つかぐち》様」

流暢《りゅうちょう》な日本語と、名前をすぐ覚える記憶力に舌を巻く。私、秘書さんなのに名前覚えるの、少し苦手なんだよなー。

「いえ、ごめんなさい、外の空気を吸いたかっただけなんです」

「寒くはございませんか？」

「あ、少し」

少々お待ちください、と言って彼は船室に戻る。ややあって、厚手のストールと一緒に戻って来てくれた。

「よろしければ」

「わ、ありがとうございます」

にこりと微笑むと、彼はわずかに眉を下げた。

「ひとつ、お伺いしても？」

「……？　はい」

「このような豪奢なパーティーは、どう思われますか」

「ええと……不慣れで、なんだか楽しみ方もよく分かりません」

素直に答えて、苦笑を向けた。

彼は「そうですか」と目を細める。

「正直なところ……郷里は――ラヴォは、豊かな国ではありません」

「え」

「国民の血税を――このような」

彼はどんよりとした目の色で、船室のほうを見やる。

「意味のないどんちゃん騒ぎに使われては——っと」

彼は慌てて時計を見る。

「申し訳ありません、余計なことを。引き続きどうぞお楽しみください、塚口様」

「は、ぁ」

曖昧《あいまい》に頷《うなず》きながら、去っていく彼の背中を見つめた。

それと入れ替わるように「マホ」と私を呼ぶ声。

「あ、エバンズさん」

「……今の彼とは、なにか？」

「？　いえ」

エバンズさんはさっきのウェイターさんの歩いて行った方向を、じっと見つめた。

（……豪奢なパーティー、か）

着飾った自分がなんだか……罪悪感みたいなのでいっぱいになった。

「そういえば」

エバンズさんが声の調子を変えて言う。

「あのピンクの彼女、中で問題起こしてましたよ」

「ピンクの……？」

はっとする。高玉さん⁉

「な、なにしちゃってました!?」

「よく分からないんですが、会う人会う人に上から目線で『アタシは社長夫人なのよ』とかなんとか」

びくりと肩を揺らす。

「……マホ？」

「い、いえなんでも」

さっと目線を逸《そ》らした、とき――。

「ああっもう！　帰りたぁい！」

船室から、高玉さんが飛び出てくる。

「パーティーでなんで怒られなきゃいけないの!?　お仕事なの!?　海斗さんはなんでそばにいてくれないの!?」

高玉さんはキイキイと叫《さけ》ぶ。

エバンズさんが呆気《あっけ》にとられた顔で、高玉さんを見つめる。

私たちの視線に気がついた高玉さんが、つかつかとこちらにやって来た。

木の床《デッキ》を、高いヒールが蹴りつける。

「なんでアナタがチヤホヤされてるわけ!?　大使夫人のお茶会に呼ばれたり！」

「……あの、えっと」

単に贈ったお茶が気に入ってもらえただけで——と言おうとした私に、高玉さんは言う。

「単なる愛人のくせに！」

思わず息を呑む。

「ピンときたわよ、海斗さんアナタのこと庇《かば》うし」

「……その」

「まあ、いいんだけど？　本妻はあたしに決まってるんだから」

ふふん、と自慢げに、高玉さん。

「聞いたでしょ？　会長から——海斗さんのお父さんから、あたしご指名で秘書室にきたの！　お見合いみたいなものね！」

その言葉に、私はなにも返せない。

「たかたまー!!!」

デッキの反対方向から、亀岡さんの低い怒声が聞こえてきた。高玉さんは舌打ちをする。

「結婚したら、あんなメガネ、クビにしてやるんだから！」

そう言って、ピンクのドレスを翻《ひるがえ》して船室に戻っていく。

亀岡さんは「逃げるな！」と叫んで、別の扉から船室に——。

高玉さんのピンクの背中を、呆然と見送る私。

「マホ」

優しい声で、エバンズさんが私を呼んだ。

「彼のそばにいて、幸せですか？」

「幸せ？」

私は首を傾げた。

海斗さんのそばにいて——。

すぐに頷く。

「幸せです」

「……誰かの一番に愛されたいと、そんなふうに思ったりはしませんか？」

誰かの「いちばん」。

彼がそんなふうに言う意図を図りかねて、じっ、とエバンズさん青い瞳を見つめていると
——ばん、と船室のドアが開いた。

「少し離れていただけませんかエバンズ大佐、彼女は俺のです」

パチパチ、と瞬《まばた》き。

俺の——なんだろう、秘書？　愛人？

「俺のも何もないだろうに、若造——彼女には彼女の意思があるのでは？」

「いいから離れて」

むむ、と睨み合うふたり。私はわけも分からずオロオロ。

エバンズさんは肩をすくめて、私の耳元で囁《ささや》く。

「考えてみてください」

そうして離れて行って——私は首を傾げた。なにを？　誰かの、一番になるということを？

（そりゃあ、海斗さんの「いちばん」になれたら嬉しいけれど）

無理でしょ？

諦めとかじゃなくて、最初から選択肢にない、と思うんだ。

「真帆」

海斗さんが私の頬に触れた。

「何かされましたか」

「？　なにも」

「そう、ですか」

海斗さんはそう言って、暗い海を眺める。

船が進むたびに、白い泡が花のように湧き上がる。

「……あの」

私は思い切って、聞いてみた。

なんとなく、気にかかった。さっきのウェイターさんの言葉。

「ラヴォでは……エビの養殖事業をするんでしたっけ」

「はい、機械の納入の話がラヴォ政府からありましたので、そのまま参画した形ですね」

そうして、海斗さんは笑う。

「フェアトレードで進めている途中です」

「フェアトレード、ですか」

秘書になっていろいろ勉強した。

要は、不当に安い賃金で外国の人を働かせない、ということ。

「ラヴォは比較的貧しい地域が多い国です。多くの企業が進出していますが、こと賃金待遇面に関しては疑問が多いです」

海斗さんは海の匂いをかぐように、手すりから外を見た。

「特にエビは。養殖池での環境破壊は有名ですが」

マングローブを切り拓《ひら》いてつくるんです、と海斗さんは言う。

「スラムの人々が、まるで強制労働のようにフネに乗せられて魚を獲って。それがエビの餌《えさ》になります」

海斗さんは続けた。

「個人的に――というよりは、世界の潮流的にそれはどうなのかと。そんなわけで下請けを通さず、直接ウチでエビの養殖から工場まで請け負うことにしたんです」

そうすればフェアトレードでも値段は抑えられますから、と海斗さんは笑う。

「なるほど……」

「その下準備というか、根回しでこちらの大使とは親しくさせていただいてるんですよ」

「お話は進んでますか?」

「まぁそれなりに——でも」

海斗さんは私の手を取る。

「?」

「仕事の話はやめませんか? こんな日くらいは」

「……こんな日」

クリスマスイヴだから?

(でも、仕事で来ているのに?)

ぽかん、としていると唇が重ねられて。

「実は、伝えたいことがあるんです」

なんだか真剣な瞳に、どきりとする。

「はい」

「父親に、俺とあなたのことを——」

海斗さんがそう言ったとき——ガラスが割れる音と、何かが破裂するような音が響いた。

ほどなくして、悲鳴が船室から漏《も》れ聞こえてくる。

「え、なにが」

戸惑う私を、海斗さんが腕に抱きとめる。

「なにか、事故でしょうか」

「分かりませんが――」

海斗さんは私を抱きとめたまま、船室を険しい顔で見ていた。

船室のドアが大きく開く。

「助けてっ」

飛び出てきた女性の腕を、さっきのウェイターさんが強引に摑む。

「戻れ！」

厳しい口調で言うその手には……銃、らしきものが握られていた。思わずびくりと肩を揺らす。

――本物……？

海斗さんが、私を背中に庇《かば》う。

ウェイターさんは私たちを見つけて、少しだけ申し訳なさそうな顔をした。

「……そこのおふたり、船室に戻っていただけませんか」

そう言って銃を向けられて――。

もしかして、さっきの爆発音は銃声だったのか、と気がついた。

震える私を、海斗さんが支える。

「大丈夫」

海斗さんが言う。

「絶対に大丈夫」

根拠はないのかもしれないけれど――私は震えながら、その身体に縋《すが》った。

船室に戻ると……高玉さんが人質になっていた。

銃を突きつけられて、顔色を真っ青にして震えている。

他にも数人のラヴォ人らしき人たちが、銃を片手に立っていた。

「急にこんなことをして、申し訳ないと思っています」

コック姿の男の人――ラヴォの人だろう、特徴的な蜂蜜色の肌――が、ウェイターさんの持っているのより大きな銃を翳《かざ》して言う。

「大使夫妻と、日本人の人質ひとり以外は退船していただきます」

船室にいた人たちの間に、ふと安心した空気が流れる。自分たちは助かると分かったからだろうか。

大型のクルーズ船であるこの船には、緊急事態用のボートが積んであるらしい。

「我々と大使夫妻、そして人質の方で、今からラヴォへ向かいます」

落ち着いた口調でコックさんは続けた。

「日本の方を巻き込むのは申し訳ないのですが、日本政府に動いてもらうためで」

「……っちょっと待ってえええ⁉」

高玉さんが叫《さけ》ぶ。

「あ、あ、あ、あたしなの⁉　人質っ⁉」

きょろきょろと、高玉さんは目線を動かしながら叫んだ。

「なんであたしっ！」

叫ぶ高玉さんを見て、銃を持った人たちが眉をひそめ、ヒソヒソと話す。

「あ、あ、あ、あたしよりも……っ」

高玉さんと目が合う。

にやり、と高玉さんは笑った。

「あの女のほうが人質の価値が高いですよ……ッ」

びしり、と指をさされ、海斗さんの会社の名前を叫ぶ。

「取締役の、園部社長の愛人ですもの！」

海斗さんの手に力がこもる。

す、とさっきのウェイターさんが……やっぱり申し訳なさそうな顔で、こちらまでやって来る。

海斗さんは腕に庇うように、私を抱きしめた。

「真帆」

震えながら、見上げる。

もう一度、海斗さんは穏やかな声で私を呼んだ。

頬を撫《な》でられて、おでこに唇が触れる。優しいキスだった。

「愛してる」

「……え」

愛してる？

そうして、私から手を離して、両手を上げてウェイターさんのほうへ。

「彼女より、取締役本人のほうが価値があるだろう？　男なのが……抵抗されるのが気になるなら、縛るなり目隠しなり好きにすればいい」

「え、あ、海斗さん」

追おうとした私の手を、誰かが止める。

「マホ、落ち着いて」

「え、エバンズさん」

戸惑っている間に、海斗さんが人質として連れて行かれる――。

かわりに高玉さんが小走りに、戻ってきて――。

「は、早く解放してよ！」

そう、裏返った声で叫んだ。

視線が海斗さんの背中から離せない。銃を突きつけられた背中。

「や」

ほとんど反射的に、声が出た。

「やめて、その人を離して、お願い、その人は」

自分の声が、大声なのか単なる呟《つぶや》きなのかさえ分からない。

「その人は、私の全部なの」


海斗さんを好きになったのは、人から見たら笑われるかもしれないような、小さなことがきっかけだった。

友達の代理でシフトに入ったメイドカフェ（紅茶を淹れられるから、っていうのが理由）だったけれど、まぁびっくりするくらいに私はポンコツで。

「ええと……あ、分かった。ヌートリアだ」

「ネコです」

お客様と撮った写真に、他のメイドの子は皆……可愛い絵が描けたのに、私はヘタクソ。

「備品壊すの何回め？」

「す、すみません……」

グラスもお皿も、すぐに割る。

お客様のオーダーも、ワンテンポ遅い。

「塚口さん、ちょっとおっとりしすぎじゃない？」

店長の、少しいらついたひとことにも、ごもっともです、としか思えなくて。

そんなヘコんでるときに、海斗さんが何回めかの来店をしてくれた。

「……どうかしましたか？」

いつもどおり、笑っているつもりだったのに。

海斗さんに、優しく聞かれて——お店が空いていたこともあって、私はつい、ぽろりとそんな話をしてしまった。

「……というわけで、私、とろくて。嫌になっちゃいます」

えへへ、と笑った私に、海斗さんは「いいんじゃないですか」とすごく普通に……フラットに、言った。

「え？」

「のんびりで」

「のんびり？」

「ええ」

海斗さんは「とっても普通」に続ける。

「すぐ終わるより、のんびり行ったほうが……いろんなものを、見逃さないです」

少しだけ、照れたように視線を逸《そ》らして。

「あちこちに落ちている小さな、でもきっと素敵《すてき》なものを見逃さない、そんな人だと……あなたはそんな人だと、俺は思います」

海斗さんは続けた。

「絶対、大丈夫」

その言葉に、私はとても──救われたのだった。

そのままのあなたでいい。そう言ってもらえたような──そんな気がした。

そこからは、失敗にやっぱりヘコんだりしつつも、気持ちも前向きになって──辞めるときには引き止められるくらい頼ってもらえるようになっていて……すごく、嬉しかった。

今の会社に入って、ミス連発で深夜までひとり、残業してたときも。

「のんびり、のんびり」

うん、って自分に言い聞かせる。

のんびりいこう。

そのほうが、いろんなものを見落とさない。

素敵なもの、きっと落ちてるから。

泣きそうになりながら、言い聞かせる。のんびり、のんびり。大丈夫。絶対、大丈夫。カイさんが、言ってくれたもの。

だから、海斗さんは——私の、全て。


「お願い！」

叫ぶ私を、エバンズさんが抱きとめる。

「マホ、落ち着いて——彼らを刺激するのは、園部サンのためにならない！」

はっとして、溢れ出しそうな声をなんとか堰《せ》き止める。両手で押さえて、溢れる涙が手を濡《ぬ》らしていった。

「海斗さん……」

小さく、小さく、名前を呼ぶ。

海斗さんが振り向きかけるけれど——ウェイターさんじゃない、別の銃を持った人に銃の後ろで背中を叩《たた》かれ、また前を向いた。

私は上がりかけた悲鳴を、必死で必死で飲み込んだ——誰か助けて！

「おそらく」

エバンズさんが小さく続けた。

「ラヴォの、過激派だと思います——ラヴォは国政があまりに弾圧的で、国連から是正勧告が出たこともありますから」

　小さく、ため息。

「民衆のフラストレーションは相当溜まっているはずです……ラヴォ国内では、小規模なテロが頻発するようになってきていました」

「……」

「宗教的な観点から、彼らは無差別テロを好みませんから……こういった手段に出たのでしょう。これなら最悪……」

　そこで、エバンズさんは話すのをやめた。

　私は……鈍臭《どんくさ》い私だけれど、その先は容易に想像がついた。

　エバンズさんが言いたかったのは。

『これなら最悪、被害者は三人で済む』

　目の前がぐらぐらする。

　頭が痛い――誰か、これは夢だと言って。

　乾きすぎてひりつく喉の痛みを覚えながら、私はさっきのウェイターさんとの会話を思い出す。彼は――憂えていた。

　国民の生活と、あまりに乖離《かいり》した大使の豪遊を。

　おそらくは、ここに参加している私たちもまた、憎しみの対象。

海斗さんは、椅子《いす》に座らされてじっと唇を引き結んでいた。

「あ、そ、そうだっ」

唐突に、高玉さんが叫ぶ。

「そ、その人、エビの工場作ろうとしてたわよ！」

こんなときになにを、と呆然と高玉さんを見る。高玉さんはなおも続けた。

「さ、さっきエビがどうのってあたしに話したじゃない——養殖場で奴隷みたいな働き方されるって、日本人は嫌いだって！」

高玉さんは笑う。

「ほ、ほらいいこと教えてあげたんだから、あたしのこと優先で脱出させて——きゃあ⁉」

高玉さんの叫び声と、銃声が聞こえたのが同時だった。高玉さんのヒールの真横に、黒く焦《こ》げた弾《たま》の痕。

「少し静かにできないのか、日本の女は」

いらついた様子で、テロリストのひとりが銃を構える。

高玉さんは喉から「ひい」と声を漏《も》らしたあと、その場にずるずると座り込んだ。

周りの人は、誰ひとり近づこうとしない。唾を飲み込む音さえ聞こえそうな、シンとした船内で、ゆら、と揺れたのはウェイターさんだった。

ゆっくりと、海斗さんに向かって歩き出す。

「エビくらいで、と思うでしょう？」

笑っていた。

「僕も思う。エビくらいで——日本のスーパーで、安価に売られている冷凍エビ、無造作に詰め込まれているあの赤いエビ——あれのために、僕の兄は死にました」

ウェイターさんは、手を……銃を持っている手を、無造作と言ってもいいくらいの動きで上げて——銃口は、海斗さんの頭に向けられている。

私は透明な悲鳴を上げた。

（なにをするの、やめて……！）

目の奥が痛い。きいんと耳鳴りがする。呼吸の仕方が、分からない。

「兄はね」

彼は静かに言葉を紡《つむ》ぐ。

「エビの餌のために船に乗せられて、海に落ちて死にました」

遺骨も帰ってきていませんよ、とウェイターさんはフラットに言った。

「多分死んだ、くらいの扱いでした。僕はそのときまだ小さかったけれど——覚えてる。優しい兄だった」

銃を持つ手が、震えている。

「まだ、十五歳だった」

「だから」

海斗さんはまっすぐに彼を見つめる。

「だから俺は君たちの国へ行く——変えるために」

「……なにを？」

「口先だけの援助ではなにも変わらない。安定した仕事が、君たちの国には必要なんだ」

「……それこそ口先だけに聞こえます」

「違う」

海斗さんは、やっぱりまっすぐに言う。愚直なほどに——。

けれど、ウェイターさんは小さく首を振って。

エバンズさんの身体が一瞬迷ったように動く……その隙を見て、私は腕を振り解いて、ヒールを履き捨てて走る。

「やめてっ」

海斗さんが驚いたように首を振ったのが、スローモーションのように見える。

私は海斗さんに抱きつく。海斗さんは、私を庇うように抱きしめて、……その瞬間、全ての照明が消えた。

視界は真っ黒に……。

次々と割れる窓ガラスの音、怒号とともにどかどかと走り回る靴の音、あたりを覆《おお》う悲鳴

――の中で、私は海斗さんの体温だけを感じている。どくどくと動く彼の鼓動に、ゆっくりと私は呼吸の仕方を思い出した。

「なにが」

海斗さんは私を抱きしめたまま呟いて、私はゆるゆると首を振った。もう、ジェットコースターすぎて何がなんだか分からない。

(生きてる)

いまここで、海斗さんが生きてる。

なんだかもう、それだけでよくて。

私はすん、と海斗さんの首元に鼻を寄せた。海斗さんが、私の頭にキスをする。

次に視界が明るくなったとき、銃を持っていた人たちは皆、拘束されていた――迷彩の服を着た、軍人っぽい人たちによって。

「……？」

「アメリカ海軍？」

海斗さんが呟く。

とにかく私たちは、その軍人さんたちに保護される形で、救助の船に乗る。

その間も、ずうっと私たちは手を繋いでいた。

お互い生きてるって、ちゃんと確かめ合うみたいに。

横須賀《よこすか》の自衛隊の施設で引き渡されて、でもすぐには解放されない。

蛍光灯が光る会議室のような部屋で、海斗さんや他の乗客さんたちと、まんじりとしながら次の動きを待っていた。

亀岡さんと、高玉さんの姿はない。別部屋だろう。そう思いながら部屋を見回したとき。

ガチャリ、とドアが開いて――入ってきたのは、エバンズさんだった。

「こんばんは……じゃないいや、おはようかな、もう」

エバンズさんは時計を見上げた。午前四時。

「エバンズさん、いままでどちらに？」

「ああ、えっと」

困ったように頬をかきながら、エバンズさんが説明してくれた。

「そもそも、変だなと思ったんです。マホと話していたあの、ウェイター」

エバンズさんは続ける。

「硝煙の匂いが……微かにしていて」

「硝煙？」

「端的に言えば〝銃を撃ったあとにつく匂い〟でしょうか」

聞き返した私に、海斗さんが説明してくれた。

「日本国内にいたはずの彼らにその匂いがつくなんて、普通はあり得ません。おそらく、決行前に試し打ちをしていたのでしょう」

　エバンズさんは頷きながら、そう続けた。

「そこから大使館に連絡、ちょうど船がチャーリー区域近くだったので」

「チャーリー？」

「米軍の、軍事演習海域です。夜間訓練のために海域に補給艦がいまして」

　私は頷く。

　そっか、横須賀にも米軍基地がある。

「ウチから米国大使館へ連絡、日本政府へ働きかけて──その間、米軍とわたしで連絡を取り続けていました」

　それで、実際にシージャックが起きて、とエバンズさん。

「形式上『演習中にテロに遭遇し鎮圧』との形を取ることになりました」

　しばらくは法解釈でゴタゴタするるしいですよ、とエバンズさんは笑った。

「しかし、平和的な宗教とは時に皮肉ですね」

　エバンズさんは肩をすくめた。

「彼らの宗教的な感覚から、あのような作戦を取りました」

　エバンズさんは言っていた──無差別テロは好まない。無益な殺傷を、望まない。

　暗闇で銃を無闇に撃てば、人をたくさん殺すことになるから──彼らは、引鉄《ひきがね》を引けなかった。

「わたしは無神論者なので、その感覚は分かりませんが」

「……はい」

「おそらく、園部サンのことも実際に傷つけるつもりはなかったかと」

「そう、かもしれませんね」

きゅ、と海斗さんが握る手の力が強くなる。

そのとき、扉の向こうからバタバタと騒がしい足音が近づいてきた。

「ちょっと、きみ！　勝手に部屋から出ては」

「いーいから！　あたしの未来がかかってるからぁ……っ、あ、海斗さんっ」

高玉さんが、部屋に飛び込んでくる。自衛官らしい男の人が、困ったように続いた。

「あ、あたし分かってたんですよ⁉　きっと助けが来るって。そのために、時間を稼ぐために、あんな」

「そうですか」

海斗さんは、静かに言って――それが、なんだかとても、迫力があって。

ぽかんとしてる高玉さんに、海斗さんはさらに続けた。

「分かりました」

「……あの」

「よ、よく分かりました」

海斗さんは言う。

「ですから――もう二度と、真帆に顔を見せないでください」

「……あの、え？」

「待遇は追って知らせますから――とにかく、部屋に戻られては？」

「待遇？　なんの……」

「失礼しますね」

女性の自衛官がふたりやってきて、高玉さんの腕を掴む。

「ついでに」

連れて行かれる高玉さんに、海斗さんは続けた。

「俺の前にも、二度と――現れないでください」

「へ？」

高玉さんはぽかんとして、そうして扉の向こうに姿を消していった。

不審者でしたでしょうか

事件のあとだろうがなんだろうが、仕事は待ってくれない。

クリスマスは関係各所から話を聞かれて、病院に行って簡単な検査を受けた。

二十六日はさすがにぐったりして、一日中寝て過ごした。

全身が筋肉痛になっていて——それだけ緊張して、身体に力が入っていた、ということなのだろうと思う。

なのに、海斗《かいと》さんはリビングで仕事をしていて、さすがに私は怒って海斗さんをベッドに引きずり込んだ。人質にまでなってたんだよ⁉

その翌日。事件から三日後——仕事納めの日の、夕方。

「塚口《つかぐち》さん」

「はい」

「紅茶をお願いしてもいいですか?」

「分かりました」

いつもどおり出勤して社長室で仕事をしていて、海斗さんも今年最後の決裁書類に目を通して忙しそう。来年に仕事は残したくないらしい。

（どれにしようかな～）

社長専用の給湯室で茶葉を見つめつつ、ふ、と思い出して赤面して混乱する。

『愛してる』って、言ってたよね？

あの状況の中――聞き間違い、ではないとは思うんだけれど。

（あ、あ、あ……愛してる⁉）

混乱して給湯室をぐるぐる歩く。顔は赤いし完全に変な人だよね。

（でも、見るような人いないしっ）

そう思いつつ立ち止まると、亀岡《かめおか》さんと目が合った。

「ひゃあ⁉」

「すまない、声をかけようとしたんですが鬼気迫る表情だったので」

「ええ……」

恋する乙女のカオとかじゃないんですか……そうですか……。

「ど、どうされましたか？」

「いえ。謝ろうと思って」

「謝る？」

「……高玉《たかたま》です。今回ばかりは私のミスです」

「え、あ、それ」

私はぱっと顔を上げて、亀岡さんに詰め寄る。

「高玉さん、どうなったんですか？　社長は教えてくれなくて」

彼女は「会長の決めた婚約者」のはずだったのに！

「あいつは海の藻屑《もくず》に」

「ひぇ⁉」

「冗談です。普通に勤務してますよ……お掃除ロボット監視係として」

「なんですかそれ」

ふう、と亀岡さんはため息をつく。

「アレでも、会長のお知り合いのお嬢さんですからね、簡単に辞めてもらえなくて。でも彼女にできるのは、いまや段差に乗り上げたお掃除ロボットを助けるだけです」

「お掃除ロボット……？」

「ほら、円状の。床を掃除して回ってる、あの」

「……はい」

確かに時々、段差に乗り上げていたけど。

「ひたすら着いて歩いてます」

「……いいんですか？　社長の婚約者なんじゃ」

「婚約者ぁ？」

亀岡さんは素《す》っ頓狂《とんきょう》な声を上げて、首を振る。

「そんなはずないですよ。ていうかなんですか、それ……？　社長には他に」

「ほ、他にっ⁉」

思わず詰め寄る。亀岡さんは怯《おび》えた表情で一歩足を引いて――逃がさない！　目の前にある亀岡さんのネクタイを摑んで、引き寄せた。

「他にというか、」

「何をしているんですか？」

ふ、と海斗さんの声。

目線をやると、給湯室の入り口に海斗さんが憮然《ぶぜん》とした表情で立っていて……あ、紅茶遅かったかな？

でもやっとヤカンのお湯が沸いたばかり――。

亀岡さんのネクタイから手を離して、首を傾《かし》げた。

「茶葉の指名がございますか？」

いつも「お任せ」だったから、聞いていなかったけれど……今日はもしかしたら、飲みたいものがあったのかも。

けれど海斗さんは「お任せします」といつもどおりの返答。それからひとつ、咳払い。

「何をしていたのですか、と聞いてます」

「あー、高玉さんのことについて……謝罪を」

亀岡さんは改めて、頭を下げた。

「あの場に高玉を連れて行ったのは、失敗でした……」

私はきょとん、と亀岡さんを見る。

（え？　でも）

高玉さんは海斗さんの婚約者だから、連れて行くのは当たり前で……って、婚約者じゃなかったんだ！

（じゃあなんで「自分は婚約者」だなんてことを言っていたの？）

あっと気がつく。

（そ、そっか！　何人か候補がいるんだ！）

順番に秘書になって、それがお見合いとか……!?

（なるほどなるほど……ってことはお見合い、まだ続くのかなあ……）

疲れ果てた様子の亀岡さんは、幸運が走り去って行きそうな大きなため息をひとつついた。

「ああいう場に連れて行けば、秘書としての自覚も出るかと思ったのですが……」

「や、でも亀岡さん。あんなことになるなんて、想像できないですよ。無理です」

憔悴《しょうすい》しきっている亀岡さんが不憫《ふびん》で、ちょっとフォローを入れてみた。

「いいえ。あの事件がなくたって、大失敗でした。どこの誰に嫁ぐ気か知りませんが『あたしは社長の妻なのよ』だとかなんだとか訳の分からないことを……」

しゅんとしてる亀岡さんに、私は言う。

「あの、よければ紅茶でも……」

「ありがたいのですが、今から会長のところへ行かなくてはいけなくて」

「会長の？」

私は目を瞬《またた》く。え、帰国されていたの……？

「先程着いたみたいです。いろいろと報告をしなくてはいけないので……では良いお年を」

亀岡さんは私に頭を下げ、海斗さんには「明日出社してますので」とひと言告げて、給湯室を出て行った。

海斗さんは、じっと私を見つめる。

「？」

「いま――何をしてました？」

「お湯を沸かして」

「違います」

海斗さんが近づく。

不思議に思ってるうちに、壁に縫い付けられるように――あ、知ってるこれ、壁ドンだ。

うわあ初めて……って!?

ちゅ、と重なる唇。

びっくりして、目を瞠《みは》る。

(え、え。え?)

海斗さんは、プライベートと仕事は完全に分けるタイプの人で――だから、仕事中にこんなこと――初めてだ。

目を白黒させてる私に、海斗さんは言った。

「さっき今年最後の書類に判子を押してきたところです」

「わ、おつかれさまでした」

ですので、と海斗さんは目を細める。

「仕事納めです。ここからしばらくは――仕事のことは、一切考えませんので」

海斗さんのあったかな、柔らかい唇がぬるりと私の唇の間から、入り込んできた――。

□海斗視点□

キスしようとしてた?

亀岡さんのネクタイを摑んでいる、真帆《まほ》の横顔。

なんでそんな必要があったのかは分からないけれど……ふたりにそんな雰囲気《ふんいき》がなくて、ほっと安心した。

（したけれど）

嫉妬心が消えるわけじゃない。

「ふぁ、……っ、海斗さん？」

真帆の可愛らしい唇を割って、その温かな口内を貪《むさぼ》る。柔らかくて、甘い。

戸惑う真帆の、タイトスカート越しに太ももの裏側を撫《な》でる。

「ひゃあ、……っ」

「誰も来ませんから、声我慢しなくていいですよ？」

「あ、でもっ、なんで……？」

今まで会社でこんなことをしたことがなかったせいだろう、真帆は戸惑って、その優しい瞳を困惑の色に染めていた。

そんな彼女の耳を嚙めば、大げさなほどに身体をびくりと揺らす。

「もう仕事がないからだと言いましたが」

「じゃ、じゃあ帰って……」

「たまには」

いいでしょう？　と自分の……すでに熱を持ち固くなったソレを真帆の下腹部に押し付けた。

「ゃ、ぁ、ッ」

気持ちいいところにでもあたったのか——真帆が、甘い声を上げて。

真帆の香りがする首筋を、べろりと舐《な》める。

「……っ」

耐えるような声と、少し責める視線……煽《あお》るだけだ。

ひょい、と抱き上げて、紅茶の準備の途中だった給湯室の台に乗せてしまう。

「ぁ、海斗さん⁉」

「ストッキング」

興奮を押し隠して、できるだけ淡々と……台に座って戸惑う真帆に聞く。

「ストッキング。自分で脱ぐのと、俺に破かれるのと……どっちがいいですか？」

「は、……え？」

「じゃあ、破きます」

「あっ、ま、待って、待ってください……っ、ぬ、……脱ぎます、から」

真帆は羞恥《しゅうち》に頰を朱に染めて、靴を脱いだ。それから、ゆっくりとストッキングを脱いでいく。

艶《なま》めかしすぎて、えぐい。

「下着は？」

「え、えっ……？」

「ではそのまま」

「や、あッ⁉」

下着を横にズラして、真帆のソコに軽く触れる。

「ぐちゃぐちゃじゃないですか」

「……っ、ふぅ、ンッ」

「こんなに濡らして、給湯室《ここ》で何をする気だったんですか？」

「え、……っ？　こう、なったのは……海斗さん、がっ」

「さっき、亀岡さんと接近していましたね」

「？」

不思議がる真帆のソコに、ぬぷぬぷと指を押し挿れていく。

「や、あ……あっ」

「ここでなにか彼と――やましいことでも？」

「ち、違、違……っ」

真帆はゆるゆると首を振る。

「私、私は……っ。海斗さんの、……！」

「俺の？」

くちくちと指を動かす。本数を増やして、真帆のナカの襞ごと擦れば、そのたびにぐちゅんとナカは潤《うるお》いを増す。

「あっ、あっ、あっ、あっ、あ……！」

喘《あえ》ぐので精いっぱいな真帆のソコを、指でくぱりと開いてしまう。それだけで、真帆は甘い声をさらに上げて。

指で空気を入れるように、ちゅこちゅこと攪拌《かくはん》。真帆の甘い声に、頭が痺れてくる。

「真帆」

名前を呼ぶ。耳朶を噛んで、舌を耳にねじ込んだ。

「真帆、言ってください。なんですか？」

「は、ひぁ、ふあ……っ」

「あなたは、俺の？」

俺の、なんですか？

ぐちゅんぐちゅんと、イヤらしい水音で狭い部屋がいっぱいになって――。

「わ、たし、は……っ」

真帆はイヤイヤをするように首を振る。

目尻には涙が浮かんで、快楽でどうにかなりそうな表情をしていた。

「私、はっ……海斗さんのっ、ものだからぁ……っ」

そんな可愛らしいことを……俺にしがみついてナカを攪拌されながら、イってしまいながら、真帆は言ってくれる。

きゅんきゅんと締め付けられる指。

くてんと力を抜く真帆を支えて――。

「分かっているならいいです」

耳元で、低く言う。真帆はこくりと頷《うなず》いた。

「ずうっと……が、いいです」

「？　ずっとに決まっています」

父親も帰国している。この際に紹介してしまいたいと――そう思っていて。

「嬉《うれ》し、い」

真帆がふにゃりと、笑う。ああ、もう我慢は無理だ。

真帆を後ろ向きにして、台に上半身を乗せさせて。

ガチガチになっている自分を取り出して、ぬちぬちと濡《ぬ》れそぼっているそのあたりを刺激した。

「や、は、……ぁンっ、海斗、さぁんっ」

真帆が甘えたような声で喘ぐ。

「挿れ、て、挿れてぇ……っ」

「まだ着けてないですよ」

スーツのポケットから、ゴムを取り出す――いや、うん。実は朝から狙っていた。たまには……公私混同してもいいかなと。

真帆は少し恨めしそうに、俺が開けている小さなパッケージを見つめた。

「なくても」

「はい？」

「なくても、よかったのに」

可愛いことを言ってくる真帆に、軽くキスを落とす。

きっちりつけて奥までズブズブと埋め込んだ。

「は、ぁぁあぁンッ」

「それは……まだ先」

真帆は子供好きそうだよな、なんて思う。

「あッあッ、あ……！」

背中を反らせる真帆が綺麗《きれい》で、感じてくれてるのが嬉しくて。

きゅんきゅん吸い付いてくるナカ。うねるように俺のを咥《くわ》え込んで、離さない。

「真帆」

静かに告げる。

「正月に――父と会ってもらえませんか」

急、だけれど……そもそもあの人が「帰国する」と知らせてきたこと自体、急だった。真帆には申し訳ないけれど。

「きちんと、あなたを紹介したいので」

「っ、ふぁ……、は、い……っ」

ナカをとろとろにきゅんきゅんなせながら、真帆は頷く。

戸惑っているようにも見えたから、安心させるように抱きしめた。

ぐ、と挿入していた角度が変わって、さらに奥に。

真帆が声もなく、身体を震わせる。

「……っ、は、んぁ、来ちゃ、う……ッ」

真帆のナカがどろりと蕩《とろ》けて。

信じられないほどに、ぐちゅぐちゅと俺を締め付けるから――俺はもう、止まることができない。

ただひたすら、腰を打ち付けて快楽を貪りながら、何がなんでもこの人の一生側《そば》にいる、と固く誓う。

ずっとがいい、と彼女が言うのだから。

ずっと一緒に、いようと思う。

給湯室で真帆を抱いて、部屋まで戻ってきて――真っ暗な外を見て、時計に目をやり、思わず笑う。

(サカリのついた高校生じゃあるまいし……)

いやでも、うん。

なんだか……ああいう状況でするのは初めてで、興奮してしまったことは否《いな》めない……。

真帆は少し疲れているようだった。

「大丈夫ですか」

「あ、は、はいっ」

頬に手を添えて、軽くキス。もう何度も――キスなんか交わしてるのに、真帆は軽く震えるから、その初々しさで死にそうになる。

「座っていてください、すぐに荷物をまとめますから」

「あ、でも」

「足、キツそうですよ?」

そう言うと、真帆は恥ずかしそうに……大人しくソファに座る。

まあ、あんな体勢であんなことやこんなことまでしたのだから……。

首にはキスマーク。真帆は気づいているだろうか？

と、俺のデスクの上の電話が鳴る。受付からだ。出ようとする真帆を制して、受話器を取る。

『警備ですが申し訳ありません、秘書室が繋がらず。そちらに塚口さんはおられますか』

正面受付はもう、業務時間外だ。

「いますよ？　どうしました」

『ご来客の方なのですが』

真帆宛てに来客？

なんだか嫌な予感がして「誰ですか」と尋ねる俺を、不思議そうに真帆が見つめる。

『イギリス大使館の、エバンズ様です』

「……」

一瞬考える。考えて――「お通ししてください」と告げた。

受話器を置いた俺に、真帆が首を傾げた。

「お客様ですか？」

「ええ」

あなた宛てにね、と心の中で告げて――ややあって、警備員に案内されてエバンズが部屋にやってくる。

「こんばんは?」

「どうぞそちらへ」

「マホは?」

「紅茶を淹れてもらっています」

そうですか、とエバンズは来客用のソファに身体を沈めた。

「なんのご用事です?」

「あっは、刺々《とげとげ》しいですね」

向かいに座って、じっとその青い瞳を見つめた。エバンズは鷹揚《おうよう》に笑う。

「相変わらずアオクサイ顔をしていますね、園部《そのべ》サン」

「例の事件のことかなぁとお通ししたのですが?」

「あまり関係はないですね……お別れを言いにきました」

肩をすくめるエバンズを、俺は見つめた。お別れ?

「急なのですが、……国へ帰るようにお達しがありまして」

「そうですかさようなら、寂しくなります」

「いやぁ棒読みですね!」

あっけらかんと笑うエバンズを、俺は斜めに見る。

「お別れ、なんておっしゃいますが」

　知らず、声が低くなる。

「真帆を連れにきたのでは？」

　告白して、真帆をさらって。……いや真帆がついて行くなんて思っていない、いないけれど、でも！

「まさか」

　エバンズは、ゆったりと……静かに笑った。

「アナタのことを、彼女は『全部』だと言っていました。『私の全部なの』――と」

　青い目は、とても穏やかだった――凪《な》いだ明るい海のように。

「そんな人に告白だなんて、……そんな身の程知らずなことさすがにできません」

　あのときのことを思い出して、こっそり赤面。愛してる、だなんて……平素では口が裂けても言えないかもしれない。

「愛してると言えましたね」

「な、なんの話です」

　思わずどもった。エバンズは笑う。

「いつもそう、言えたら」

「……なんですか？」

「きちんと想いを伝えなさい、園部サン。これは人生の先輩からの……友人としての忠告《アドバイス》です」

「……は？」

間抜けな声を出したとき、給湯室のほうの扉が開く。

「お待たせいたしました、エバンズさん」

「おや。疲れていますね、マホ。まだ疲れが抜けませんか？」

「あっ、いえいえ、えへへ」

曖昧《あいまい》に笑う真帆が、お盆とともに応接セットまで来て……エバンズはちらりと真帆の首筋を見た。

一瞬「盛ってんなよクソガキ」みたいな顔をして、すぐに和《なご》やかに真帆と話す。

「……アッサムですね」

香りをかいで、ひとこと。真帆が微笑んで、ちょっとイラっとして（落ち着け、俺）。

「ミルクはどうされますか？」

「先で」

「はい」

にこりと微笑む真帆と、紅茶より先に注がれるミルク。

そしてポットから、紅茶。

鮮《あざ》やかな赤――紅茶の名のとおり。

「セカンドフラッシュですね、マホ。薔薇《ばら》の香り……持って帰りたい」

じ、と真帆を見つめるエバンズの瞳。

（あんなことを言っておいて！）

む、と眉をひそめた。諦めたんじゃなかったのか⁉

目が合うと、悪戯《いたずら》っぽく笑われた。ムカつくな……。

「冗談ですよ、冗談」

「？」

不思議そうな真帆に、エバンズは帰国を告げる。

「そうなのですか。寂しくなります」

微笑む真帆に、エバンズは……それでも少しだけ、落胆の色を浮かべた。

「お元気で」

「エバンズさんも」

紅茶を飲み終わって、エバンズは去っていく。真帆はどことなく、寂しそうだった。

一緒に片付けをしつつ……思い出す。

きちんと想いを伝える？

「あの」

「はい？」

「……俺のこと、どう思っていますか」

真帆はその優しい目をパチパチとさせて。

頬を赤くして、小さく小さく「好きです」と答えてくれた。

（……うわぁ）

思わず口を押さえた。可愛い。すごく可愛い。キスしたくなったけど、多分キスをしたら
またシてしまうから、我慢。

「あの」

ぽつりと、口を開く。

ああでも、恥ずかしすぎて、もう。

「俺も。です」

そうとしか、言えなくて。

でも真帆は、なぜか涙目になって頷いてくれたから。

（なんか、ムカつくけれど）

あのいけすかない英国人の忠告とやらに、少し従ってみようと思う。

友人としての、忠告らしいから――。

年末、パーティー、「私」の立場

お正月は海斗《かいと》さんのお父さんにお会いする……らしい。
（愛人なのに？）
親子で紹介するものなの？
それとも、って思う。
（最初から……愛人じゃ、なかったり……して？）
記憶のない数時間。
本当は……聞いたらいい。
『私と海斗さんはどんな関係ですか？』
それだけ。
ただ、――帰ってくる答えが、怖すぎる。
『あなたは俺の愛人ですよね？』
そう、言われたら。

立ち直れない、かもしれない……。

(完全に期待してる)

最初から愛人じゃなかった、ってことを。

そうじゃなくても——途中から、ちゃんと愛してもらえてるんじゃないか、ってこと。

(愛してる、って言われたもの)

私は海斗さんにプレゼントされた豪華な振袖を見ながら思う。

「振袖は最後かもしれませんね」

そう言って微笑む、海斗さん——。

(それは、どういう意味?)

来年、三十になるから?

それとも……。

私は回想から、ハイヤーが止まったことで現実に引き戻される。

すかさずベルボーイさんが車のドアを開けてくれて、海斗さんが先に降りて——。

(よく考えたら、変だよね?)

変なんだ。なんで私、いつも車で「上座」に座らされているの?

いいからって座らされて、なんとなく癖になってたけど……こんなの、愛人がしていいことなの?

「真帆《まほ》？」

不思議そうに、海斗さんが言った。

私はゆっくり頷《うなず》いて、車から降りる。

都内の高級に超を七個くらいつけてもいいくらいの、高級ホテル。

ここで、海斗さんの……というか、会社の大口取引先の方が主催されてる、年末のパーティーが開かれる。

(華僑《かきょう》の方なんだよね)

東南アジア一帯に、強い影響力を持つ華僑ネットワークのリーダー……それも、女性だ。

ホテルのフワフワの赤い絨毯《じゅうたん》。

パーティーの会場は、これでもかってくらいにラグジュアリーな雰囲気《ふんいき》で、くらくらしてしまう。

「真帆、大丈夫ですか？」

さっきから変です、と海斗さんが心配げに言う。

「あ、いえ……ドレスのほうが食べられたかな～なんて、あは」

テーブルに並べられた、美味しそうな食事を見てなんか変な言い訳をしてしまう。

『私とあなたの関係がなんなのか、分からないのです』

そう聞けたらいいけれど……そうなると、あの日の記憶がないことが、海斗さんにバレてしまう。――それは、避《さ》けないと……。
「ああ、それは確かに……着替えますか？」
「いっ、いえいえ」
手を振って、挨拶《あいさつ》して回る。
途中でお酒をいただいて。カクテルグラスには、中国酒のカクテル。珍しいなぁ。
パーティーの参加者には、存じ上げている方も、チラホラ。
(大丈夫かな)
仕事の場で「秘書」としてご挨拶した方もたくさん！
でも、その方たちもにこにこと挨拶を返してくれて……。
(期待して、いいの？)
記憶のない数時間。
私はもしかして、海斗さんに「好き」と言われていたり、した……？
(だとすればかえって聞けないよー!?)
だ、だ、だって。
そんなの、申し訳なさすぎるじゃん！
海斗さん――傷ついちゃう、よ。
ちら、と見上げた。

「どうしました？　帯が苦しい？」

海斗さんは私の心配ばかりしている。

そっと頬を撫《な》でられた。心配される喜びと記憶がない罪悪感とで、胸が痛む。

やがて、会場がざわつき始めた。私も振り向いて――おお、と目を瞠《みは》る。

車いすを押されて、会場に入ってきた小さなおばあちゃんが――王太太《ワンタイタイ》。

彼女の周りには、あっという間に挨拶のひとだかりができた。

「あの方には、世話になっていて」

海斗さんは言う。

「ラヴォ共和国との繫ぎをとってくれたのも、あの方です」

「そうなんですか」

「ひ孫に似てるとかで――」

海斗さんは苦笑い。

「俺は祖母を知らないのですが、なんとなく……祖母がいればこんな感じかなぁと」

「へえ」

照れ臭そうな表情だったから、私は少し嬉《うれ》しくなる。だってほんとの「おばあちゃん」について話してるみたいだったから。

その「おばあちゃん」はタブレットに向かって文字を打ち込んでいた。

「若い頃に地元のマフィアと立ち回りして、喉を刺されたそうで」

海斗さんは「そのときに声帯が傷ついたらしいんですよ」と説明してくれた。

「筆談というか……最近はタブレットで読み上げさせてますね」

海斗さんが目を向ける。

タブレットは中国語を機械的な女性の音声で読み上げた。

海斗さんが「あれ」と眉を上げて、隣にいたお付きの男性が「園部《そのべ》様！」とこちらへ小走りにやってくる。

「夫人がお呼びです」

「はい」

海斗さんは、私を連れて、王太太のところへ。王さんは目を細めて、しわくちゃの手で海斗さんの手を撫でる。

海斗さんの口から、中国語が滑り出たからびっくりした。そういえば、中国語の書類も難なく読んでいたなあ……。

そうして、私を紹介してくれたようだったので、ぺこりと頭を下げる。

王夫人は何度か頷いて、それからタブレットに文字を打ち込んでいく。

（あ、分かんないけど分かる）

漢字ばっかだから、なんとなく……「白云山」？

「真帆がアカヒレを飼っている話をしたんです。王太太のルーツは白雲山らしいから」

アカヒレの原産地！

とはいえ、もうアカヒレの住んでいた場所は失われてしまっているけれど……。

夫人はにこにこと私を見上げて、それからまた、タブレットに何かを打ち込む。

海斗さんは、頷いて私に言う。

「アカヒレの気持ちは分かります、と——。わたしたちもまた、帰る場所はないのだと」

夫人は微笑む。海斗さんは続けた。

「帰る場所などないと、そう思って生きなければ知らない国で生きていけなかった。でも、この年になると——帰りたくなるそうです」

夫人はさらに文字を打ち込む。

「けれどもう、夫人の郷里は知らない場所になっているだろうと——それが怖くて、夫人は一度も帰省したことがないそうです」

「そう、なのですか……」

「それから」

海斗さんは口籠もる。

「？」

「あー」

少し照れた様子で、海斗さんは通訳してけれた。

「あなたが、海斗の……俺の帰る場所になってあげてね、と……」

「え、あ……」

慌てて夫人に向き直る。

海斗さんを孫みたいに可愛がってる、っていう王夫人。

「あの。そうでありたいと……思っています」

海斗さんが訳してくれて、夫人はにこやかに頷いた。

(思い上がり、かな？)

ちょっと泣きそう。

(単なる「愛人」だと紹介されて、こんなふうには言わないよね？)

じゃあ、じゃあ……私は、もしかして海斗さんの。

……って期待した私の心は、ぱしゅんと萎《しぼ》んだ。

夫人が文字を打ち込むタブレット、そこに確かに「愛人」の二文字が見えたから。

□海斗視点□

真帆の様子がおかしい。

話しかければ反応してくれるし、にこにこしてくれるし「いつもどおり」にも見える。

（なのに）

なにかが、違う。

それが決定的になったのは、王夫人との挨拶の最中。

『この方が、あなたの愛人《おくさま》になるのよね？』

タブレットに打ち込まれた文字に、頷いたとき――。

「す、みません。私」

真帆がふらりと歩き出す。

「真帆？」

目線で追う――真帆の目が潤《うる》んでいた。

慌てて掴もうとした手を、振り解かれた。足早に人並みを抜けていく後ろ姿。金糸の混じる、紅い振袖――。

はっ、と王夫人の息を呑む気配。

『太太《おくさま》？』

『あたしったら――ごめんなさい海斗、あなたの愛人《おくさま》、勘違いさせてしまったかも』

困った顔で、王夫人がタブレットに文字を打ち込む。

『〝愛人〟って――日本語だと、意味が変わるのよね』

「……！」

『ごめんなさいね、謝っておいて』

『夫人のせいでは――ですが、失礼します』

『あとでね』

夫人に一礼して、走り出す。

会場にはもう姿は見えない――重い扉を押し開いて、廊下へ飛び出した。

廊下の向こう、大きなはめ殺しの窓の向こう――雪がちらつく日本庭園に、真帆が立ち尽くしているのが見えた。

胸が痛む。

そんな勘違い――しなくたって。

『これは友人としての忠告です』

ふと、エバンズの声が耳朶に蘇《よみがえ》った。

……本当に、勘違いされないための努力はしてきたか？

はっきりした言葉なんて、ほとんど口にしていない。全て数え上げたって、片手で足りる程度で……。

（でも、父に会ってくださいと言ってあるし）

一緒に暮らしているし。

少なくとも、妹《家族》には紹介してあるし……。

言い訳、なんだろうか？

きい、とひんやりと冷えたガラス扉を押し開ける。刺すような寒さ。雪の冷たさが、ナイフで切りつけられるようだった。

「真帆」

声をかけた。ふわ、と息が白く、暗い空気に溶けていく。

真帆は振り返らない。

「真帆」

「……はい」

涙に潤んだ声に、喉が詰まる。

触れようとして——振り払われた。

「……っ、真帆？」

「もう」

真帆がぎゅ、と着物を握りしめて、下を向く。ぽたぽたと、涙が飛び石に落ちていった。

「もう……終わりにしてください」

「……なにが」

低い声が出た。

終わり？　終わりに、って……なんの話だ。

「無理です、もう……あなたのそばにいるのは。苦しくて」

「真帆、待ってください」

混乱して、目の前がぐらぐらする。

肺に冷たい空気がどうっと入ったように、うまく息ができない。

「待って……なんの話」

「部屋からも、出て行きます。仕事も、辞めます」

「バカな」

もしかして、ずっと考えていたのか？

だから――様子が、おかしかった？

「もう、あなたの顔も見たくないです。きらい。きらいです」

心臓に、氷が撃ち込まれたような気分。

胃が裏返ったか、と思った。

身体が震えている。寒さで？　……悲しみだった。世界はもう終わりです、と言われたってこれほどの悲嘆は湧いてこない。

「……ま、ほ」

「声も聞きたくない――ずっと、最初から、こうしておけばよかった」

最初から？

頭がくらくらした。亀岡さんの言葉を思い出す――「彼女が断れないだけではないですよね？」。

ぽろ、と涙が溢れた。

ああ、悲しい。

最初から俺の独りよがりで。

独り相撲で、俺だけが……真帆を愛していた。

船で告げてくれた、あの――「彼は私の全部なの」、あの言葉さえ？

（あれは、嘘だったのか？）

ああ、それでも。

彼女が、真帆が泣きながら……もう嫌だと言うのなら。

その小さな背中からは、全力で俺を拒否する空気が溢れていて。

（さようなら）

さようなら、愛する人。

俯いて、小さく告げる。

「仕事は……」

声は震えていないだろうか？

「仕事は、辞めなくて結構です。千葉《ちば》か神奈川《かながわ》あたりの支社に異動するように手配しましょう」

「……」

真帆は黙っていた。

抱きしめたい。

抱きしめて、キスをして、嘘《うそ》ですよ好きですよ、って言って笑ってほしい。

また涙が溢れて……さすがに、声が震える。

「最後に」

ぐっと歯を噛みしめた。

「最後に、これだけ言わせてください……バカな男の、未練だと思われるでしょうが」

はぁ、と息を吸って、吐《は》く。

しゃくりあげているだけだ、こんなの——。

「好きです。愛してます。きっと——死ぬまで」

真帆の肩がぴくりと動く。

嫌だろうか?

それでも言わせてほしい。俺はきっと、生涯あなた以外を愛せないから。

「あなたと……もっと一緒に過ごしたかった。たくさん笑いたかった、出かけたかった。もっとキスしたかった、抱きしめたかった……一緒に、歳をとりたかった」

涙が冷気で凍ってしまいそう。

頬がひりひりと痛い。

「あなたと、夫婦として……生きていきたかった」

歳をとって。

しわくちゃの手を繋いで。

微笑み合って——そんなふうに、死にたかった。

「……え？」

真帆が振り向く。涙でぐちゃぐちゃの顔で、戸惑って困惑して驚いて——俺を見上げて。

「……あれ？」

「？」

真帆はぽかん、と俺を見上げて——それから「私って単なる愛人じゃなかったんですか？」と首を傾《かし》げた。

愛人……って、さっきのアレ……あれ？

お互いに顔を見合わせて、首を傾げた。

（……なんか、変だぞ）

なにか、すれ違ってる——気がした。

ぽかん、としている真帆の頬に、そっと触れた。壊れ物みたいに。

真帆は、――抵抗、しなかった。

ほ、と息をつく。

「真帆。さっきのは……〝愛人〟というのは、あちらの言葉で配偶者という意味です。結婚するのかと聞かれたので、そうだと」

「ま、待ってください」

真帆が戸惑いの視線を俺に向ける。

でもそこにはさっきまでの拒否の色はなくて……涙が出るくらいに、嬉しい。

「……私と海斗さんは、その。……結婚、するのですか?」

その言葉に、少なからずショックを受ける。

(本気にしてくれていなかったのか?)

付き合うときに言った「結婚を前提にお付き合いしてください」。

(……そう思わせない、何か行動をしてしまったのかもしれない)

それこそ、エバンズの言うとおりに……。ちゃんと、想いを、感情を、口にしなかったから。

「真帆」

「っ、は、はい」

手を握る。じっと、その優しい目を見つめて、はっきりと告げた。

「愛してます。結婚、してください」

真帆の目は、じっと俺を見ている。

はい、とだけ。

そのひと言だけ、欲しかったけれど――。

「その」

真帆から帰ってきたのは、そんな戸惑いの言葉だった。

「い、いつから……」

「最初から」

真帆の手を握って離さない。

絶対に離さない。

「最初から、です。初めて食事をしたときに――結婚を前提に、と言ったあの言葉。嘘はひとつもありません」

「……！」

真帆が大きく目を瞠る。

その瞳に、みるみるうちに涙が湧いてきて……真帆から零《こぼ》れた答えは「ごめんなさい」だった。

「……!?」

背骨に「ぴしゃーん!」と雷が落ちたかのような衝撃。

手が震える。なんで、なんで……。

(さっき一度、覚悟したのに)

真帆を手放すことを、みっともなくも、覚悟したのに……真帆がまた柔らかな雰囲気を向けてくれたから、そんな覚悟は霧散して——残ったのは、子供《ガキ》みたいな執着心だけ。

「無理です、なんで……本当に俺のことが嫌いなのですか」

みっともなく、縋《すが》ったりしてみて。

真帆が首を振る。ほろほろ、と涙が雪みたいに落ちていく。

「ちがう、違うんです……私、海斗さんに相応しくない」

「何を言って」

「お」

俺は必死で真帆を抱きしめて、腕に閉じ込めながら聞き返す。

「お?」

真帆が逃げてしまわないように、きっちり腕に閉じ込めて——。

「覚えて、ない、んです……」

「覚えてない?」

なにを？

告白の言葉を？

「お酒で」

真帆が俺から逃れようとジタバタするから、唇にキスを落とす。そうして、涙の味を舌で感じて……。

真帆が、溶けるように力を抜いた。

「お酒で？」

なんですか？　と俺はそうっと、聞く。できるだけ優しく、真帆が話しやすいようにとそれだけを祈って。

ふ、と真帆が息を吐いて話し出す。

「……あの日の記憶が、全くないんです。起きたら……あなたの横にいました」

俺は真帆を抱きしめたまま、呆然とその言葉を聞いた。

ええと？

「え？」

「だから、私、私……海斗さんの、愛人になったものだと、そう思って」

「……っ」

身体から――力が抜けた。

ずるずると座り込む。真帆の手は強く握ったままだ。逃げられたらたまらない。

「……なのに、俺といてくれたんですか？」

愛人にされたと、勘違いしておきながら。

それでも……俺といてくれた？

笑ってくれた。

側にいてくれた。

見上げた先で、真帆はやっぱり泣いている。白い息が、雪片の中に溶ける。

「だって、……好きだったから」

愛人でもいいと思ったんです。

そう言って、真帆は泣く。

「でも、そんな大事な言葉忘れるなんて――最悪です」

真帆の目からは、真珠の涙。雪の粒のようなそれは、風に舞って大気に溶けていく。

「こんな私、海斗さんに相応しくな――」

俺は勢いよく、立ち上がった。

「よかったぁ……！」

口から安堵の言葉が突いて出る。そうして、真帆を抱きしめた。

「じゃあやっぱり、結婚してください」

「……は、あの、いえ」

「何か問題でも？　俺はあなたを愛してて、あなたも俺を愛してるんですよね？」

「……っ、あの！」

真帆が首を振る。

戸惑うように。

「怒ってないんですか」

「怒る？　なにを」

「告白……してくださったのに、それを私、忘れて……ひどいことを」

「なんだそんなこと！」

ひとつ笑って、真帆を抱きしめる手に力を込めた。

「あなたを失うかもしれなかった恐怖に比べたら、そんなこと！」

涙がまた、出てくる。

安堵と、不思議な感情。

（ああ、そうか）

……切なくて。

自分は愛人だと、自分に言い聞かせながら側にいてくれた真帆の気持ちが、狂おしいほど切なくて。

どんな気持ちで笑っていたんだろう。

それに気がつかない鈍感な自分。

(今思えば――ヒントは、何度もあったのに)

詩織《いもうと》が来たときの「本命かと思った」発言だとか――あのときに、きちんと話し合えばよかったんだ！

「真帆」

そうっと、名前を呼ぶ。

「ごめんなさい」

「!?　なんでですか？」

謝ると、真帆がびっくりして瞬きをした。ちらちらと涙の粒が光る。綺麗だなと思って、キスしてしまう。何度も、何度も。

「もっと早く、何回でも……毎日でも言えばよかった。あなたを愛してると、あなたしかいないと――これからは」

真帆の手を取る。

その薬指にキスをして、誓う。

「毎日、言います。あなたが好きだと」

「……恥ずかしくて、耳が溶けちゃいます」

「溶けてください」

叶《かな》うならば、と俺は真帆の耳元で告げる。

「あなたも俺の耳を溶かしてくれると、とても嬉しい」

真帆が笑って、ようやく笑ってくれて――俺にしがみつく。

俺はもう、真帆をぎゅうぎゅう抱きしめながら、どうやって溶かしてやろうか、なんて不埒《ふらち》なことを考えて……でも幸せで、真帆が好きで愛おしくて、もうなんだか――正直な話、よく分からなかった。

ひとつ確かなことは、いま腕の中に最愛の人がいて、どうやら彼女も俺の耳を溶かしてやろうと画策しているようだってことで。

「愛してる」

先手をとって言ってやったつもりだったけれど、もしかしたらそれは真帆の言葉だった、のかもしれない。

雪の中で、重なった唇で――じんわりと体温が、溶けていった。

エピローグ

要は私が、なんていうか……鈍《にぶ》かった。

自覚はしてたけど、とにかくもう、ひどいと思う。

「そもそも俺が愛人なんか作る人間だと思いますか」

「？　女遊びがどうの、とお聞きしてましたが」

私の言葉に、海斗《かいと》さんは大きく咳き込む。

私は思わず笑った。

「あは、大丈夫です。ウソです、分かってます……そんなつもり、なかったたって」

冷静に考えたら、分かることだった。

いくらなんでも、愛人を内外に堂々と紹介しない——妹にも、父親にだって。いや、やる人もいるかもだけれど、海斗さんは違うだろう。

ふたり、ベッドの中。

全身へのキスと、耳が蕩けるくらいの甘々な言葉。

（いま、死んじゃってもいいくらい）

抱きしめられて、さっきから耳を甘嚙みされながらそんな話をしてる。

「ないです。ないですよ、ほんとに……真帆《まほ》」

「ひゃっ」

耳のかたちをなぞるように、海斗さんが舌を這わせる。

「ああもう、本当に可愛い。好きです」

「……」

私はもごもご海斗さんの胸に顔を埋めた。なんか、急にそういうこといっぱい言ってくれるようになって……照れる。

「顔、見せてください」

「いやです」

「なぜ」

海斗さんは私の腰を撫《な》でた。

「やあっ！」

反射的に顔が上がって、海斗さんと目が合う。嬉《うれ》しげに緩められる頬。

「もう」

少し怒った口調の私に、降ってくる唇。

「愛してます」

「……私も」

私も、愛してます。

絡み合う舌と、混じり合う吐息と。

そうして、蕩《とろ》けていきながら、思う。

（私も鈍いけど）

海斗さんも、なんか、誤解されやすいタイプだよね？

それが確信に変わったのは――海斗さんのお父さんにお会いしてから。


（……あ、この表情）

海斗さんと同じだ、って思った。

嬉しかったり、照れてたりするのを隠してるカオ。

海斗さんはなんか仏頂面《ぶっちょうづら》してるけど……うん。

「あー、真帆さん」

「はい」

「その、……け」

「け？」

「あの、なんだ。気が早いが、ま」

「ま?」

そうして、会長は黙った。

むっつり。海斗さんもむっつり。

(……これ、会長照れてるだけだ)

なんていうか、なんていうか……!

(そこが似なくても、いいじゃないのー!)

口下手《べた》。口下手だぞこの親子……!

「あの、海斗さん」

会長さんのご自宅を出ながら、私は海斗さんの腕を引く。純和風の、広い平屋。日本庭園とかあっちゃうタイプの……。

「なんですか?」

「多分、遺伝なので」

「……なんの話です?」

不思議そうな海斗さんに、私は笑う。

なんだかなぁ!

親子って、変なところが似ちゃうのかな。

「私にしてくれたみたいに、お父さんにもしてみませんか」

「……⁉」

なにを⁉　って顔された。

えと、違う違うです！

「差し出がましいのは、分かっているのですが。感情を、口に」

「……してますよ、俺は」

「お義父《とう》さまも」

会長のこと、そんなふうに呼んでいいのかな……って思ったけれど、私は少し大きな声で言う。

さっき玄関で、謎にウロウロしていた会長。多分、見送ろうにも素直になれなくてウロウロしてた。動物園の熊みたいだった。

聞こえてるといいな。

「多分、思ってる以上に、他人《ひと》に気持ちって伝わってないです」

「……」

海斗さんは黙ってる。

「特に、大事な人には――」

横開き戸の玄関扉が、少しきしむ。

海斗さんが顔を上げて、私は少しだけ、足を引きながら、続ける。
「私が言えることじゃありませんけれど……好きなら好きと言わなくちゃ」
大切なら、大切だって。
からから、と玄関扉が開かれて。
似たもの親子が向き合って、妙な顔をしてて。
「あの、な。海斗」
会長さんが、ぽそりと口を開いた。
海斗さんはむっつりしてるけれど——。
（まぁ、鈍感な割によく気づけたよね）
それだけ海斗さんを見てるし、海斗さんと会長さんが似てるってことで……。
私はさくさく歩き出す。
これ以上は、首を突っ込まないようにしておこう、って。
お庭をのんびり歩く。
どこかで子供が遊んでる声がした。
ぼうっとしながら、なんとなく空を見上げる。
（お正月って、晴れるよね〜）
晴れてるし、静か。

今年も良い年になりますように、って私は思う。

少し離れたところから「そんなの最初から言ってくれ！」って海斗さんの声が聞こえて

――私はちょっとだけ、笑ってしまったのでした。

あとがき

王道を書いてみようと思い立ち、ど真ん中で書いたつもりの本作ですが、暴投してる気もします。ので、「面白かった」と思っていただけたのなら、それは読んでくださった方のキャッチング能力が高かったからです。捕球していただきましてありがとうございます。

本作はもともとWEBサイトに投稿していたものになり、一話ごとにぷちりと切れたり視点が変わったりしていたところ、編集様がビックリするくらい読みやすく章立てしてくださいました。その他にも細々としたところまで気を配っていただき、感謝の念に堪えません。

また、とんでもなくイケメンな海斗と可愛い真帆を描いてくださった田中琳先生。そのイラストの素晴らしさは、あとがきまでたどり着いてくださった方々も十分にご堪能されたかと存じます。正直イラスト拝見したとき素敵すぎて変な声がでました。感謝の気持ちでいっぱいです……！

最後になりましたが、改めて——読んでくださった全ての方、関わってくださった全ての方に、心よりお礼を申し上げます。本当に、ありがとうございました。

原稿大募集

ヴァニラ文庫ミエルでは乙女のための官能ロマンス小説を募集しております。
優秀な作品は当社より文庫として刊行いたします。
また、将来性のある方には編集者が担当につき、個別に指導いたします。

◆募集作品

男女の性描写のあるオリジナルロマンス小説（二次創作は不可）。
商業未発表であれば、同人誌・Web上で発表済みの作品でも応募可能です。

◆応募資格

年齢性別プロアマ問いません。

◆応募要項

・パソコンもしくはワープロ機器を使用した原稿に限ります。
・原稿はA4判の用紙を横にして、縦書きで40字×34行で110枚~130枚。
・用紙の1枚目に以下の項目を記入してください。
①作品名（ふりがな）/②作家名（ふりがな）/③本名（ふりがな）/
④年齢職業/⑤連絡先（郵便番号・住所・電話番号）/⑥メールアドレス/
⑦略歴（他紙応募歴等）/⑧サイトURL（なければ省略）
・用紙の2枚目に800字程度のあらすじを付けてください。
・プリントアウトした作品原稿には必ず通し番号を入れ、右上をクリップなどで綴じてください。

注意事項
・お送りいただいた原稿は返却いたしません。あらかじめご了承ください。
・応募方法は必ず印刷されたものをお送りください。CD-Rなどのデータのみの応募はお断りいたします。
・採用された方のみ担当者よりご連絡いたします。選考経過・審査結果についてのお問い合わせには応じられませんのでご了承ください。

◆応募先

〒100-0004　東京都千代田区大手町1-5-1　大手町ファーストスクエアイーストタワー
株式会社ハーパーコリンズ・ジャパン　「ヴァニラ文庫作品募集」係

敏腕若社長の甘い誤算

～鈍感秘書は初恋相手の愛人になりました⁉～ Vanilla《ヴァニラ》文庫 Miel《ミエル》

2021年7月20日　第1刷発行　　定価はカバーに表示してあります

著　作　にしのムラサキ　©MURASAKI NISHINO 2021

装　画　田中 琳

発行人　鈴木幸辰

発行所　株式会社ハーパーコリンズ・ジャパン
東京都千代田区大手町1-5-1
電話　03-6269-2883（営業）
0570-008091（読者サービス係）

印刷・製本　中央精版印刷株式会社

Printed in Japan ©K.K.HarperCollins Japan 2021 ISBN978-4-596-01056-8